Simon Benne

Erstgeborene, Mittelkind und Nesthäkchen

Liebe Leserin, lieber Leser,

eine Glosse braucht wie ein Roman oder ein guter Film als wichtigste Zutat den Konflikt – sonst wird sie nichts. Darum sind Glossen, in denen Kinder die Hauptrolle spielen, nicht gerade meine Lieblingslektüre. Zu oft führt Mutter- oder Vaterstolz die Feder. Eine gute Glosse verträgt aber nun mal keine rosaroten Brillengläser.

Zum Glück hat Simon Benne mit dem Schreiben seiner Kolumnen erst so richtig angefangen, als ihm schon zahlreiche Kinder am Abendbrottisch gegenübersaßen. Alle Mädchen, alle Bennes, darum alle mit ganz eigenem Kopf. Also keine Chance auf Friede-, Freude-, Oh-wie-süß-Geschichten. Da muss man nicht erst nach Konflikten suchen. Der Autor schildert nur den Lebenskampf in einem kleinen Eigenheim in Laatzen. Das ist genau wie draußen in der Welt, wo die Großen auch die Kleinen gern mal schurigeln. Nicht anders geht die Erstgeborene mit dem Nesthäkchen um – und das Mittelkind setzt meistens noch eins drauf. Wir sind gespannt, ob der Neue in der Familie, endlich ein Junge, die Weiberwirtschaft mal so richtig aufmischen wird.

Aber weil wir gerade von den richtigen Zutaten für eine Glosse sprechen: So wichtig wie der Gin in einem guten Martini ist das Selbstverständnis des Erzählers. Er muss unbedingt über sich selbst lachen können, und er darf am Ende der Geschichte nie als Held dastehen. Ein ehernes Gesetz, das Benne zum Glück immer beherzigt.

Und noch was. Der Vater aus Laatzen ist ein belesener Mann. Man fragt sich zwar, woher er die Zeit nimmt, neben all seinen Texten für eine örtliche Tageszeitung, seinem akribisch erfüllten Erziehungsauftrag, seiner steten Fürsorge für Heim und Herd auch noch zu lesen, aber er muss das wohl manchmal tun. Wie sonst könnte er uns in seinen Kolumnen so nebenher auch noch diese philosophischen Einschübe servieren? Er dürfte also Hilfe haben. Es muss eine kluge Frau geben, die sich bescheiden im Hintergrund hält und zusieht, wie der Kerl da vorn im Scheinwerferlicht seine Pirouetten dreht. Über diese Frau erfahren wir in hundert Glossen so gut wie nichts.

Das muss sich ändern, Herr Benne!

Hans-Peter Wiechers (hpw)
HAZ-Redakteur im Ruhestand und gleichsam Autor von „Lüttje Lagen"

INHALTSVERZEICHNIS

FRÜHLING

8 Agathe
9 Die Blechtrommel
10 Beim Schuster
11 Fleisch
12 Die Passion
13 Himmlisches Spektakel
14 Zufrieden und emotional stabil
15 Gipfeltreffen
16 Die Uhr, die ihrer Zeit voraus ist
17 Klonen
18 Der Zweifel
19 Wangenstreich
20 Blutspende
21 Vatertag
22 Wölfe am Küchentisch
23 Die Zahnlücke
24 Der Erwählte
25 Die Lehrerin
26 Bild der Frau
27 Schützenausmarsch
28 Im Dönerladen
29 Am Küchentisch fürs Leben lernen
30 In der Führungsrolle
31 Der Besuch des Mütterleins
32 Wettschuld und Sühne
33 Landmänner

SOMMER

36 Beim Bund
37 Jubel in Bremen
38 Wir Kleinbürger
39 Politbarometer
40 Fuchsteufel
41 Die Kaffeemaschine
42 Jenseits von Demerode
43 Die Krähen, der Adler und ich
44 Gesundheit!
45 Jagdfieber
46 Jungbrunnen
47 Die Sklaven des Schicksals
48 Briefe in der Bettbringzeit
49 Die Stille ist tot, es lebe der Lärm
50 Beim Einkaufen
51 In der Falle
52 Hexenschuss
53 Die Fliegen
54 Zugluft
55 Nacktschnecken
56 Die Kreaturen der Hölle
57 Auch Regen bringt Segen
58 In den Straßen von Laatzen und Linden
59 Das Schweigen

HERBST

62 Die älteste Nudel der Welt
63 Der Bestimmer
64 Messers Schneide
65 Der große Graben
66 Fegefeuer
67 Die Telefonzelle
68 Kopffüßler
69 Legendenbildung
70 Speicherplatz
71 Der Windhund, die Bahn und der Tod
72 Die Botschaft
73 Waffenschwestern
74 Deutschland privat
75 Olle Schateken
76 Fürst der Finsternis
77 Halloween kommt nichts in die Tüte
78 Wo die Queen ihre Wäsche wäscht
79 9. November
80 Eine Sammlung für die Ewigkeit
81 Leuchttürme fürs Leben
82 Vom Gefährt zum Gefährten
83 Ein Sonntag für die Ewigkeit
84 Die Bierkapuzen, Goethe und ich
85 Das Taxi
86 Alles in Unordnung
87 Seniorenteller

WINTER

90 Der Hase
91 Das Licht und seine Schattenseiten
92 Mein Martyrium
93 Krippenwolf
94 Der Vorleser
95 Der Krippenkrieg
96 Ein Kuss für die HAZ-Weihnachtshilfe
98 Kinderboerse.de
99 Steinzeit
100 Tischkultur
101 Bruno und ich
102 Der Anhalter
103 Die T-Frage
104 Weihnachtszauber
105 Tohochter Zion
106 Warum ich Silvester ablehne
107 In den Sternen
108 Das Ordnungsprinzip
109 Der Besuch der alten Dame
110 Gerechtigkeit für Helene Weber
111 Steckrübenwinter
112 Tauwetter
113 Theure Emilie!
114 Ein Tag daheim

ZUGABE

117 Die Politik, die Kinder und ich

FRÜHLING

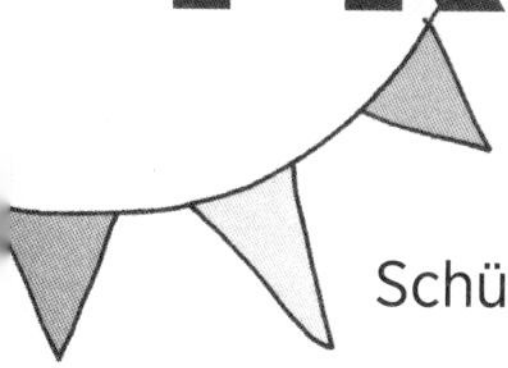

Die Jahreszeit, in der
Gartenarbeit und
Schützenausmarsch ihren Platz
haben – und in der Kinder
bei Bachs Matthäus-Passion
ganz fromm werden.

AGATHE

Die Gartenarbeit war getan, jetzt döste ich im Liegestuhl mit einer Flasche Limonade in der Hand vor mich hin. Was ich daheim leiste, wird oft nicht genug gewürdigt. Ich lebe als einziger Mann mit vier teils noch sehr jungen Damen zusammen. Ein soziales Experiment namens Kleinfamilie. Meine drei Töchter spielten jetzt schön auf dem Rasen. Das heißt – schön spielten eigentlich nicht. Genau genommen spielten nicht einmal. Sie keiften vor sich hin und zogen einander ein bisschen an den Haaren.

„Blöde Kuh", giftete die Erstgeborene. „Dumme Zicke", konterte das Mittelkind. Nur die Jüngste saß unbeteiligt im Sandkasten. Sie ist erst zwei und wird noch lernen müssen, sich als Dame im Alltag zu behaupten. Früher, als ich noch in einer ganz normalen WG lebte, behauptete Katja mit der lila Latzhose immer, es sei doch wohl kein Zufall, dass Kriege seit Menschengedenken nur von Männern geführt werden. Inzwischen hat mich das Leben gelehrt, dass sie recht hatte. Frauen könnten in engen Kasernen niemals friedlich zusammenleben.

Das Mittelkind setzte sich jetzt mit weit gespreizten Beinen auf die Erde und fuchtelte mit den Armen. „Ich kann Agathe!", drohte es. „Du meinst wohl Karate", höhnte die Erstgeborene. „Nein. Agathe ist viiiiiel schrecklicher. Agathe ist halb Spagat und halb Karate", konterte das Mittelkind. Für einen Moment hielt ich inne. Meine Vierjährige hatte soeben eine Sitzkampfsportart erfunden. Ich könnte mir diese sicher irgendwo patentieren lassen und viel Geld verdienen. Das könnte ich gut investieren, in Pädagogen zum Beispiel. Oder vielleicht wüsste der Pfarrer einen guten Exorzisten …

Der Streit wurde lauter. „Du Baby!" „Wer's sagt, der isses selber, nänänänä!" Irgendwann würde ich eingreifen müssen. Ich fasste die Flasche fester und kniff die Augen zu. In unserem Familienleben spielen Horrorvideos seit jeher nur eine untergeordnete Rolle, ebenso wie Computerspiele. Bei uns kommt das Übel irgendwie auf natürliche Weise in die Welt. Die Erstgeborene hockte sich jetzt hin und schlug mit den Fäusten in die Luft. „Du kannst ja nicht mal richtig Agathe", giftete das Mittelkind. „Was ich mache, ist viiiiiel schrecklicher als Agathe", sagte die Erstgeborene triumphierend. „Ich kann hocksen."

DIE BLECHTROMMEL

In einer Welt ohne Atomkrieg und Seuchen glauben viele Menschen, das Abenteuer eben suchen zu müssen. Folglich durchqueren sie die Sahara oder stürzen sich mit einem Gummiband am Fuß von einem Kran. Habe ich auch alles getan. Allerdings war das lange, bevor ich auf das letzte große Abenteuer unserer Wohlstandsgesellschaft stieß: den Kindergeburtstag.

Kindergeburtstage sind Hochämter des Unvorhersehbaren. Brutstätten von Anarchie und Chaos, eine Mischung aus Zickenkrieg und umgestoßenen pinken Orangensaftbechern. Als Vater von drei kleinen Töchtern weiß ich, wovon ich rede. Und unser letzter Kindergeburtstag hatte auch noch Spätfolgen.

Unser Nesthäkchen wurde drei, und ein weit entfernt wohnender Onkel hatte ihm eine Blechtrommel geschenkt. Solche Geschenke kommen eigentlich immer von weit entfernt wohnenden Onkeln. Nie von Nachbarn. Und schon gar nicht von den Eltern selbst. Und das ist kein Zufall. Denn anders als die Erstgeborene (Blockflöte) und das Mittelkind (Geige) übte das Nesthäkchen ausdauernd und eifrig auf seinem Instrument. Tagelang. Überall im Haus. Bis ich mir ein Herz fasste. „Wer so laut trommelt, hört auf zu wachsen", warnte ich drohend. Ich sagte dies eingedenk der Verantwortung, die mir meine Erzieherrolle für das literaturwissenschaftliche Fortkommen meiner Kinder aufbürdet. Und ich sagte es, um endlich Ruhe zu haben. „So 'n Blödsinn!", entrüstete sich die Erstgeborene. „Stimmt das wirklich?", fragte ungläubig das Mittelkind. „Ja, aber nur, wenn man dabei in hohen Tönen schreit", sagte ich ernst.

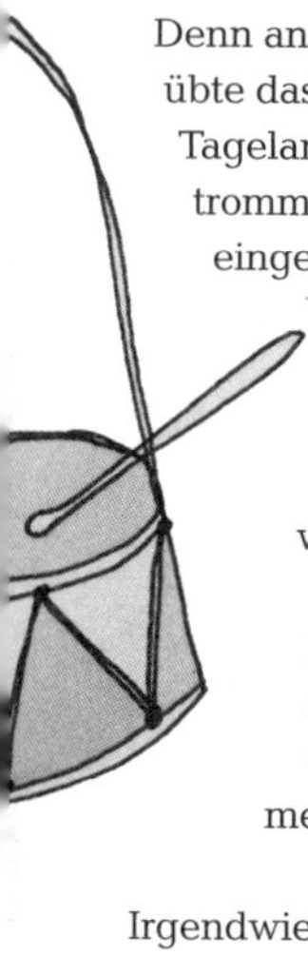

Ich hatte das Nesthäkchen unterschätzt. Sofort trommelte es schreiend drauflos. Dann herrschte Stille. Aber nur kurz. Die Großen starrten es an. „Guck mal, sie wächst plötzlich gar nicht mehr!", staunte das Mittelkind. „Es funktioniert!"

Irgendwie spricht es ja auch für mich, dass meine Töchter um keinen Preis aus dem Paradies der Kindheit vertrieben werden wollen. Sie wechseln sich jetzt an der Blechtrommel ab. Und schreien dabei. Und streiten immer wieder darüber, wer denn nun am wenigsten wächst. Ich fürchte, das geht so lange weiter, wie man in Danzig Aal und Brausepulver isst. Wenn nicht vorher Grass drüber wächst.

BEIM SCHUSTER

Es würde jetzt etwas dauern, deshalb lehnte ich mich bequem auf den Tresen. Der freundliche Schuster hatte sich bereit erklärt, die abgelöste Sohle meines linken Halbschuhs sofort und ambulant wieder anzukleben. Hinterm Tresen steckte mein Schuh jetzt zum Trocknen in einer Art Schraubzwinge, und der Schuster und ich waren zu fünf Minuten Konversation verurteilt. Ich blickte mich in seinem winzigen Laden um. „Ah, Istanbul", sagte ich und deutete mit kundigem Urlauberblick auf einen überaus farbenfrohen Bildteppich an der Wand. „Sehr schön dort." „Weiß nicht", antwortete der Schuster. „Meine Familie aus Anatolien." „Ach so", sagte ich und hielt den linken Fuß, der nur in einer Socke steckte, tapfer in die Luft. „Auch schön dort", sagte ich. Er schwieg.

Nach einer sehr langen halben Minute, während der ich ein Loch in meiner Socke bemerkte und durch geschicktes Zupfen am Zipfel kaschierte, nahm ich einen neuen Anlauf. „Bei 96 läuft es ja ganz gut momentan, was?", fragte ich. „Weiß nicht", sagte der Schuster, „ich spiele Schach, in Verein." „Schach. Schön. Schach", sagte ich und hielt einbeinig die Balance. Dann sagte er: „Ich bin schon fünf Jahre hier, aber dich noch nie gesehen – bist neu in der Gegend?"

Nun verabscheue ich diese satte Selbstgefälligkeit, zu der Sesshafte gegenüber Migranten immer schon geneigt haben. Möglichst sachlich und emotionslos klärte ich ihn also darüber auf, dass sich nicht mehr genau rekonstruieren lässt, wie lange meine Familie schon in der Stadt lebt, da die älteren Kirchenbücher bedauerlicherweise im Dreißigjährigen Krieg verbrannt sind.

Für einen kleinen Moment standen sich der wissbegierige Pioniergeist eines Einwanderers und die ganze Würdenschwere eines Traditionsbewussten gegenüber, getrennt nur durch einen Tresen, wobei das fleischgewordene Traditionsbewusstsein am Fuß eine dunkelblaue Socke mit Loch trug. „Scheißendreck, Krieg", sagte der Schuster dann und legte in seinen Blick jene mitfühlende Menschlichkeit, die alle Schranken von Kultur und Sprache zu überwinden vermag. „Genau", sagte ich kopfnickend. Und war froh, dass wir so problemlos zueinandergefunden hatten.

FLEISCH

Meine Familie saß am Abendbrottisch. Unser Nesthäkchen ist drei, und beherzt biss es in sein Wurstbrot. Deutlich konnte ich seine spitzen, langen Eckzähne sehen. Dass die allmächtige Evolution ihm diese Reißwerkzeuge nicht längst gezogen hat, flankiert mein Vertrauen in die Friedfertigkeit des Menschengeschlechts immer wieder mit tiefer Skepsis. Mir kam die Debatte in den Sinn, die kluge Köpfe derzeit um das Für und Wider des Vegetariertums führen. Kinder haben auf solche Themen ja oft einen ganz unbefangenen Blick. „Was meint ihr", fragte ich meine drei Töchter also ernst, „dürfen wir Menschen eigentlich Tiere essen?"

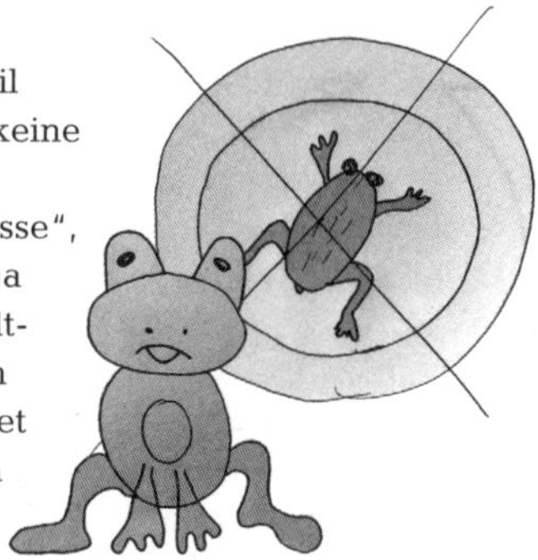

Die Erstgeborene hatte sich schnell ein Urteil gebildet. „Jedenfalls keine Kaninchen und keine Lämmchen", sagte sie. „Und, na klar, keine Hunde und Katzen und so." „Un keiiine Frösse", sekundierte ihr das Nesthäkchen. „Isse bin ja allergiss degen Frösse." In unserer Verwandtschaft pflegen viele ihre Allergien mit einem gewissen Stolz. Wohl auch deshalb behauptet sie seit einiger Zeit, allergisch zu sein gegen Frösche. Und gegen Regen.

Ich nickte bedächtig. In Bezug auf den Nichtverzehr von Fröschen bestand in unserer Runde offenbar ein Konsens. Vielleicht war das ja ein Etappensieg der Zivilisation. Vielleicht lag ja doch im Vegetarismus unser Heil. Ich schwor mir, beim nächsten Einkauf auf das Wohl von Tieren im Allgemeinen und auf das von Fröschen im Besonderen ein verstärktes Augenmerk zu haben. Unser kleines Gespräch hatte ein Ergebnis gezeitigt.

„Jetzt weiß ich!", schob da unverhofft das Mittelkind nach. „Ich will überhaupt keine Tiere essen!" Ich vernahm in seinen Worten eine Feierlichkeit, als hätte es gerade die Republik ausgerufen. Vaterstolz überkam mich. Eine ethisch so edle Entscheidung, in so jungen Jahren! Dann zuckte das Mittelkind mit den Schultern und griff zur Geflügelwurst. „Ich mag ja eh lieber Fleisch!"

DIE PASSION

Was kann es an einem lichten Frühlingstag Schöneres geben als Bachs Matthäus-Passion? Als 200 Minuten protestantische Barockmusik in einer schattigen Kirche? Natürlich waren meine drei Töchter zuerst nicht begeistert von der Idee. Aber das kulturelle Erbe des Abendlandes fällt uns nun mal nicht von allein in den Schoß. Man muss es sich erarbeiten. Und eines Tages werden sie mir dankbar sein.

Anfangs saßen sie also betont teilnahmslos auf der Kirchenbank. Das änderte sich schlagartig, als das „O Lamm Gottes, unschuldig" erklang. „Da!", flüsterte meine Erstgeborene plötzlich und zeigte mit angstgeweiteten Augen auf die Empore gegenüber. Ein Mann dort war mit weit geöffnetem Mund eingeschlafen. Auf seinem Schoß räkelte sich ein kleiner Junge. Seinen Fuß hatte dieser durchs Gitter der Empore gesteckt und den Schuh halb ausgezogen. Nur mit einem Zehennagel hielt er ihn noch fest. Und direkt unter dem wippenden Schuh saß ein ahnungsloser Cellist.

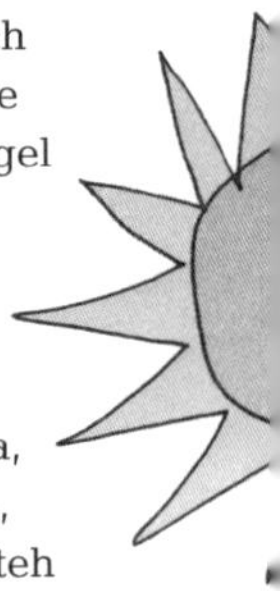

„Herzliebster Jesu, was hast du verbrochen", klang es nun. Die ganze Kirche blickte erbaut auf die Sänger. Niemand sah das Drama, das sich dort auf der Empore abspielte. „Soll ich mal laut rüberrufen, dass der Vater aufwacht?", bot mein Mittelkind atemlos an. „Untersteh dich!", zischte ich. Der Junge hatte es inzwischen geschafft, den Fuß samt Schuh wieder durchs Gitter zu ziehen. Jetzt aber legte er die Füße auf die Balustrade und schlüpfte immer wieder kurz aus den Schuhen heraus, die dann für Sekundenbruchteile auf dem Rand balancierten.

Mein Nesthäkchen hatte Schweißperlen auf der Stirn. Hektisch pendelten seine Pupillen zwischen den Schuhen und dem Cellisten hin und her. Beim „Er hilft aus Not, der fromme Gott" legte das Nesthäkchen instinktiv die Handflächen aufeinander. Der Junge hatte einen Schuh jetzt ganz ausgezogen und hielt ihn, zwischen beide Füße geklemmt, über den Abgrund. Zu diesem Schauspiel hörten wir einen grandiosen Soundtrack, es ging um leiden und hoffen und beten. Unverhofft griff am Ende der erwachte Vater rettend ein und zog den Sohn zurück. Wir applaudierten befreit und gingen aufgewühlt heim. Ich schwöre: Nie wurde Bach mit mehr Andacht gehört als an diesem Tag.

HIMMLISCHES SPEKTAKEL

Ich saß mit meinen Töchtern am Küchentisch, und etwas Großes warf seine Schatten voraus. „Cool, endlich sehen wir mal eine Sonnenfinsternis", frohlockte die Erstgeborene. Die Mittlere verfiel in düsteres Brüten. „Und wir dürfen nicht auf den Pausenhof, ohne Schutzbrille", sagte sie. „Dabei fände ich ja eine Schaufel wichtiger, wenn sich da so viel Erde vor die Sonne schiebt, wie alle sagen", bemerkte die Jüngste angstvoll.

Ich hielt die Zeit für gekommen, meine Töchter mit den Grundzügen des Kopernikanischen Weltbildes vertraut zu machen. „Mit Schaufeln hat das nichts zu tun", erklärte ich im Tonfall pädagogischen Wohlwollens. Dann räusperte ich mich. „Also, bei einer Sonnenfinsternis ... es ist nämlich so", begann ich, „was sich da vor die Erde schiebt ... nein, für euch jetzt ganz einfach: Der Schatten, also der Kernschatten der Erde, der bewegt sich über den Mond."

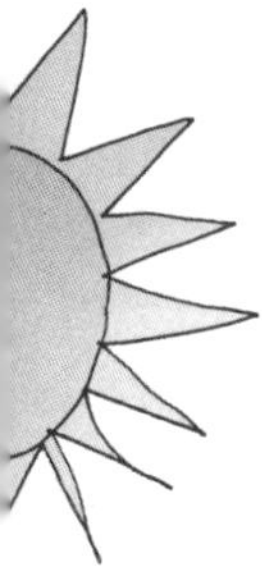

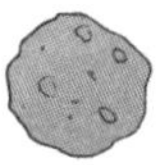

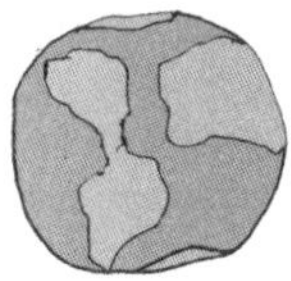

Unwillkürlich hielt ich eine Faust als Erde unter die Küchenlampe. Oder als Mond. Bei den astronomischen Details war ich mir nämlich plötzlich nicht mehr so sicher. „Und dann ... nein, ich will es anders erklären", sagte ich und griff zum Teelöffel. „Das ist jetzt ... die Erde", sagte ich. So eine Sonnenfinsternis ist ja am besten mit Hilfsmitteln zu erklären, genau wie die Abseitsregel.

Fieberhaft ging ich im Geiste durch, wer sich da jetzt vor wen schob. Dabei schwenkte ich die Küchenlampe hin und her. „Sie bewegt sich doch", murmelte ich. Hätte Galilei mich gesehen, er hätte sich im Grabe so umgedreht wie seine sich umkreisenden Himmelskörper. Und die Kinder blickten mich an wie jemanden, der es im Leben nicht immer leicht gehabt hatte.

Am Ende ließ ich einen Schatten kunstvoll über den Küchentisch wandern: „... und wenn da oben so ein großes Geschiebe und Gedränge herrscht, wird's hier unten finster!" Dann bemerkte ich, dass meine Töchter längst aufgestanden waren. Und mir schwante: Jede Sonnenfinsternis hat auch ihre Schattenseiten.

ZUFRIEDEN UND EMOTIONAL STABIL

Selbstverständlich liegt bei uns daheim Arte auf Platz eins der Fernbedienung. Früher kam dahinter der WDR. Doch dann ist der WDR verschwunden. Aus technischen Gründen. Man hat sie mir erklärt, ich habe sie aber nicht verstanden. Dafür ist dort jetzt Bibel-TV.

Das Beste an Bibel-TV ist Joyce Meyer. So heißt die total super gelaunte Fernsehpredigerin, die immer so aufgekratzt klingt, als hätte Margot Käßmann ein Viertelpfund Speed mit Bohnenkaffee heruntergespült. In den USA füllt sie riesige Hallen. That's America. Joyce Meyer predigt die Grundwerte des Christentums: Seid nett zueinander. Kommt mit euch selbst ins Reine. Spart Energie. Immer, wenn Ärger, Wut oder Selbstzweifel uns anfliegen, sollen wir laut sagen: „Ich bin zufrieden und emotional stabil." Sagt Joyce Meyer. Auf Bibel-TV ließ sie es den ganzen Saal nachsprechen. Ich sah zu und sprach halblaut mit. Ich war beeindruckt, zufrieden und emotional stabil.

Das hielt an, bis ich zum Kühlschrank wollte. Auf dem Weg sah ich, dass meine drei Töchter den ehedem blitzsauberen Flur in ein Schlachtfeld aus Jacken und Mützen verwandelt hatten. Unordnung bringt mich innerlich immer an den Rand der Kernschmelze. Meine Nasenflügel blähten sich schon, da fiel mir Joyce Meyer ein. Ruhig sprach ich: „Ich bin zufrieden und emotional stabil." Es wirkte. Lächelnd räumte ich die Jacken weg.

Kurz vorm Kühlschrank trat ich dann auf einen Legostein. Barfuß. Für solche Unfälle gibt es immer einen Schuldigen. Immer. Ich fragte mich, wer das in diesem Fall wohl sein könnte, während ich mir den Fuß hielt und durch die Küche hüpfte. Doch dann erinnerte ich mich an mein Mantra der Mäßigung. In null Komma nichts war ich wieder „zufrieden und emotional stabil".

Trotzdem blieb ein ungutes Gefühl. Mir schwante nämlich: Wer immer zufrieden und emotional stabil ist, wird im Leben ganz, ganz viele Jacken wegräumen müssen, und Legosteine pflastern seinen Weg. Ich beschloss, die Welt fürderhin nicht nur duldend hinzunehmen, sondern sie wieder selbst zu gestalten. Gleich morgen mache ich mich auf die Suche nach dem WDR.

GIPFELTREFFEN

In meiner Familie gibt es ein Mehrgenerationenprojekt. Einmal im Jahr fahren wir alle zum Skilaufen. Der Opa, meine drei Töchter und ich. Es ist immer wieder erhebend, sportlichen Herausforderungen gemeinsam in einer herrlichen Naturkulisse zu begegnen. Diesmal aber fühlten sich in der Kabinenbahn alle drei Töchter schlagartig unpässlich. Also musste ich acht Skier und Stöcke zur Piste tragen, was mir noch bewundernswert unangestrengt gelang. Obwohl der Weg länger war, als ich ihn in Erinnerung hatte.

Dann nötigte meine Erstgeborene mich, ihr die Skistiefel zuzumachen. Das Mittelkind moserte, wann es denn endlich losgehen würde, wir wären doch nicht zum Rumstehen hier, und wenn's jetzt nicht sofort losginge, hätte es auch gleich zu Hause bleiben können, und außerdem wollte es was zu trinken. Jetzt! Die Skistiefelschnalle der Erstgeborenen klemmte, und als ich mich tiefer bückte, rutschte mir mein Rucksack ins Genick. Handschuhe, Sonnencreme und Labellostifte fielen in den Schnee. Doch das war halb so schlimm, denn gleichzeitig klemmte ich mir einen Hautfetzen der Hand in der Skischuhschnalle ein. Ich weinte bitterlich, aber lautlos. Der Opa hatte seine Skier bereits zur nächsten Hütte getragen. Dort bestellte er Obstler und nahm telefonisch zahlreiche Glückwünsche von Rentnern aus der Heimat entgegen, weil er im biblischen Alter von 72 Jahren immer noch so sportlich auf den Brettern stand.

Als ich wieder aufsah, verschwitzt und lädiert, war das Nesthäkchen fort. Kein Rufen half, kein Liftwärter hatte es gesehen. Ein Kind mit Skiern und Sturzhelm fällt auf einer Alpenpiste ja längst nicht so auf wie am Strand von Borkum. „Vielleicht liegt sie in einer Gletscherspalte wie Ötzi und wird erst in Jahrtausenden entdeckt", sagte die Erstgeborene schaudernd. „Schade. Ich habe sie an und für sich ganz gern gehabt", sagte das Mittelkind. Gleichwohl suchten wir weiter. Mehrere Täler später hatten wir das Nesthäkchen, das einfach schon mal vorgefahren war, wieder. Und das ist auch gut so. Denn ohne sie würde der Skiurlaub im nächsten Jahr sicherlich nur halb so schön.

DIE UHR, DIE IHRER ZEIT VORAUS IST

Wenn das keine gute Nachricht ist: Seit gestern geht die Uhr in meinem Auto wieder richtig. Ich hatte sie nie auf Winterzeit umgestellt. Seit Ende Oktober hatte ich folglich immer genau eine Stunde hinzurechnen müssen. Oder abziehen. Ganz sicher war ich mir da nie. Um das zu entscheiden, habe ich meist auch den Stand der Sonne konsultiert. Jetzt zeigt sich: Es gibt Probleme, die sich ganz von selbst erledigen. Nur mit Blick auf unsere Küche wage ich das kaum noch zu hoffen.

Wir haben dort zwei Uhren, direkt übereinander, an Backofen und Mikrowelle. Bei der Mikrowellenuhr lassen sich die Stunden ganz leicht einstellen. Deshalb gehen die Mikrowellenstunden sommers wie winters richtig. Die Mikrowellenminuten hingegen sind leider seit vier Jahren eine blinkende 29. Bei der Backofenuhr ist es anders: Diese lässt sich, vermutlich aus technischen Gründen, gar nicht stellen. Jedenfalls nicht von mir. Ihre Stundenangabe liegt während der Hälfte des Jahres um genau eine Stunde daneben. Dafür funktionieren die Backofenminuten. Jedenfalls prinzipiell: Die Backofenuhr geht nämlich sieben Minuten vor. Will man bei uns also zuverlässig die Ortszeit Küche ermitteln, gilt die Faustregel: Mikrowellenstunden plus Backofenminuten minus sieben.

Ich gebe zu: Das alles ist etwas kompliziert. Aber mich tröstet, dass es an höherer Stelle auch nicht besser läuft. Im derzeit gültigen Kalender gibt es eine ganz schön komplizierte Schaltjahresregelung. Trotzdem ist das Kalenderjahr immer noch 26 Sekunden länger als das Sonnenjahr. Rein rechnerisch müsste etwa alle 3000 Jahre ein zusätzlicher Tag entfallen, damit der Kalender die Sonne nicht abhängt. Wie wir alle wissen, haben orthodoxe Kirchenführer ja 1923 vorgeschlagen, dass Jahrhundertjahre nur dann Schaltjahre sein sollten, wenn bei ihrer Teilung durch 900 ein Rest von 200 oder 600 bliebe. Das wäre besser, nach dieser Regel müsste nur noch alle 43 000 Jahre ein Tag aus dem Kalender gestrichen werden. Wir müssten uns aber an den Gedanken gewöhnen, dass das Jahr 2800 dann kein Schaltjahr mehr wäre.

Ganz offen gestanden: Ich persönlich könnte damit leben.

KLONEN

Mit Abscheu und Empörung haben Ethikexperten auf Experimente britischer Wissenschaftler reagiert, die langfristig das Klonen von Menschen ermöglichen könnten. Wie die Wissenschaftler ihrerseits auf Abscheu und Empörung reagiert haben, weiß ich nicht. Vermutlich mit Langmut und Ignoranz. Als Mann der Moral hielt ich es gleichwohl für meine Pflicht, das Thema auch einmal in geselliger Runde aufs Tapet zu bringen. Wir müssen da eine Kultur des Hinschauens entwickeln, auch und gerade als Deutsche.

„Wenn diese Bioheimwerker so weitermachen", hob ich an, „werden Familientreffen bald unübersichtlich." Schließlich wäre so ein geklontes kleines Mädchen genetisch mit seiner Mutter identisch und damit zugleich deren Zwillingsschwester. „Seine Oma wäre also nicht nur seine Oma, sondern auch seine Mutter, jedenfalls, wenn man mit rein biochemischem Blick durch die Welt geht."

Mein Kumpel lehnte sich zurück. Er schien eine Minute lang sein Glas zu hypnotisieren. Dann griff er zum Bierdeckel und malte einen Stammbaum auf. „Weil die Zwillingsschwester meiner Ehefrau meine Schwägerin ist, wäre das Klonmädchen die Schwägerin seines eigenen Vaters", sagte er. „Und es wäre selbst seine eigene Tante!" Erschrocken blickten wir in den Abgrund, der sich da auftat. Dann durchmaßen wir ihn gedanklich. Denn wirklich kompliziert wird die schöne neue Welt erst, wenn Klonkinder ihrerseits Klonkinder in die Welt setzen. Für so ein Klonklonkind wäre seine Mutter nämlich Mutter und Großmutter in einer Person, und dazu noch seine Zwillingsschwester.

Nun muss man wissen, dass besagter Kumpel in ethischen Fragen eher schlicht gestrickt ist. „Ist doch schön, dass man Oma, Mutti und Schwester gleichzeitig ins Kino einladen kann und nur eine Karte kaufen muss", sagte er abschließend. Mir aber ging plötzlich auf, dass ein Mann, der ein Klonkind ehelicht, seine Schwiegermutter in Personalunion gleich mitheiratet. Ein Umstand, dem alle Ethikexperten bislang viel zu wenig Beachtung geschenkt haben. In diesem Moment dachte ich an meine Schwiegermutter, die diese Rubrik täglich liest. Es ist mir an dieser Stelle ein Bedürfnis zu sagen, dass sie eine ganz famose Person ist. Ich möchte einmal so werden wie sie.

DER ZWEIFEL

Wir nannten meinen Onkel schon seit Langem „Jopie", denn er war steinalt geworden. Obwohl er zu jeder Zigarette einen Cognac kippte. Und ohne Zigarette sah man ihn eigentlich nur in der Kirche. Jetzt lag er im Krankenhaus. Eine ernste Sache, aber er fühlte sich schon viel besser: „Die Schwestern reißen sich alle Beine aus, und die Ärzte behandeln mich, als wäre ich der Gesundheitsminister – und alles nur dank deiner Fürsprache!" Er zwinkerte mir verschwörerisch zu. „Natürlich sagt keiner etwas", raunte er aus den Tiefen seiner Kissen, „aber ich merke doch, dass hier jemand eine schützende Hand über mich hält."

Ich verstand. Ich hatte ihm einmal erzählt, dass die dicke Ärztin auf seiner Station eine alte Schulfreundin von mir war. „Ist doch klar, Onkel, man tut, was man kann", zwinkerte ich zurück. Ein gelogenes Zwinkern. Denn die Ärztin hatte ich seit Wochen nicht gesehen, und über kranke Onkel hatten wir nie miteinander gesprochen. Diese schützende Hand, die er über sich wähnte, gab es gar nicht.

So ist das mit dem Glauben, seufzte ich in mich hinein. Er wächst in der Not, und er versetzt Berge. Ein Placebo. Ein falscher Trost, den man den Mühseligen und Beladenen nicht nehmen darf. Glaube ist eine Illusion, die ihre eigene Realität erschafft, dachte ich und fühlte mich wie Sartre. Grübelnd trat ich auf den Flur. Dort lief ich der dicken Ärztin direkt in die Arme. „Hallllooo!", flötete sie. „Hab' mir doch gleich gedacht, dass der alte Herr auf der 17, der so heißt wie du, zu euch gehört." Sie senkte die Stimme: „Ich hab' den Kollegen natürlich gesagt, dass sie sich mal ein bisschen um ihn kümmern sollen." Die schützende Hand! Es gab sie wirklich! Obwohl der Onkel an sie glaubte! Jetzt klopfte diese Hand Sartre auf die Schulter, der mit offenem Mund auf einem Krankenhausflur stand und gar nichts sagte. Mein Weltbild wankte. Der Zweifel ist eine Säure, die den Glauben zerfressen kann. Oder den Unglauben.

Hat sich der Mensch nun Gott ausgedacht? Oder Gott sich den Menschen? Und wirken in unserer Welt vielleicht mehr dicke Ärztinnen, als unsere Schulweisheit sich träumen lässt? All diese Fragen kann ich trotz intensiver journalistischer Recherche noch nicht abschließend beantworten. Sicher weiß ich nur, dass mein Onkel bald ganz fidel entlassen wurde und viele Zigaretten später in großer Gelassenheit starb.

WANGENSTREICH

Ich war unschuldig. Das bin ich im Grunde immer, aber diesmal war ich es ganz besonders. Schuld war allein der joggende Rentner mit dem verbiesterten Gesichtsausdruck. Als er schnaufend auf unser Familienauto zulief, gestikulierte er mit wild ausladenden Bewegungen. Ich deutete diese so, dass ich rasch noch vor ihm abbiegen sollte. Dann aber rannte er auf die Straße, ich musste bremsen – und kam direkt vor ihm zum Stehen.

Joggende Rentner mögen es nicht, wenn man ihnen den Weg versperrt. Im Ausweichen schlug der Mann mit der Faust heftig an die Seite unseres Autos. Dabei rief er etwas, das meine drei Töchter, die auf dem Rücksitz saßen, hoffentlich noch nicht richtig einordnen können. Für einen Moment erwog ich, das Fenster zu öffnen und mit ihm in einen offenen Dialog zu treten. Ich fand aber den Fensterheber nicht auf Anhieb, und dann fiel mir die Bibel ein. Matthäus, Kapitel 5, Vers 39: „Wenn dir einer auf die rechte Wange schlägt, dann halt ihm auch die linke hin“, murmelte ich. Nach Weisung des Herrn setzte ich also zum Rangieren an, um dem Jogger auch mit der anderen Wagenseite den Weg zu versperren.

„Was war das mit der Wange?“, fragte da meine Erstgeborene. Ich hielt meinen Töchtern ein kleines, lehrreiches Referat über Sanftmut und göttliches Vergeben, das mich wieder milde stimmte. Wir drehten um und ließen den Jogger laufen.

Tags darauf entbrannte in der Familie ein heftiger Streit um die Frage, ob Pullis mit Pferdemotiven ausschließlich was für bescheuerte Babys sind. Das Nesthäkchen nahm den Disput sehr persönlich, trat nach dem Mittelkind, und dieses schlug zurück. Der Schlag traf mitten ins Gesicht, und da ich gerade hinschaute, ging das Nesthäkchen mit grässlichem Geheul zu Boden. „Los, steh auf!“, forderte das Mittelkind höhnisch. „Halt mir auch die andere Backe hin! Jesus hat's gesagt!“

Einerseits freute ich mich, dass die christliche Botschaft bei den Kindern auf so fruchtbaren Boden fällt. Andererseits möchte ich mir gar nicht vorstellen, was die drei anrichten können, wenn sie im Alter gemeinsam joggen gehen.

BLUTSPENDE

Wir haben kein Radio in der Küche. Das brauchen wir auch nicht. Erstens, weil es von Charakter zeugt, auch mal Stille ertragen zu können. Und zweitens, weil es bei uns meist so laut zugeht, dass man das Radio gar nicht hören würde. Dabei sind meine Frau und meine drei Töchter mehrheitlich Morgenmuffel. Am Frühstückstisch kommt meiner Erstgeborenen im Höchstfall ein gemurmeltes „Gimma Nutella her!" über die Lippen, und das Nesthäkchen faucht nur dann und wann sein „Guckmichnichan!" in die Runde, wenn ich versehentlich wieder mal in seine Richtung geschaut habe.

Die Morgenkonversation bestreitet bei uns das Mittelkind mehr oder minder im Alleingang. Zwischen Aufstehen und Toastbrot kommt es – ich hab da mal mitgezählt – auf bis zu 800 Wörter. Und an diesem Morgen war es besonders redselig. Das lag an dem traumatischen Erlebnis vom Vorabend.

Die Großeltern waren zum Blutspenden gegangen und hatten die drei mitgenommen. Das Mittelkind kann eigentlich kein Blut sehen. Jetzt redete es sich den Horror von der Seele. Während die anderen teilnahmslos ihre ungekämmten Haare in die Marmelade hängen ließen, erfuhr ich alles über Kanülen und Ohrläppcheneinstiche, Brötchenhälften, Unfallopfer und Ehrennadeln. „… und wer drei Liter verliert, stirbt qualvoll!", sagte das Mittelkind und bleckte dramatisch die Zahnlücken. Ich nutzte die Kunstpause, um die drei hinaus in den Garten zu scheuchen, da ich jetzt dringend Zeitung lesen musste.

Als es im Garten verdächtig still wurde, blickte ich hinaus. Das Mittelkind lag in einer Schubkarre, die Arme weit ausgebreitet, und starrte wie ohnmächtig in den Himmel. Um den linken Oberarm hatte es seinen Gürtel geschnallt. Das Nesthäkchen ging langsam auf es zu, torkelnd, denn es hatte schwer zu tragen. Es hatte meine Spaltaxt aus dem Schuppen geholt, die ich heilige, wie ein Mann sein Gartenwerkzeug nur heiligen kann. Es hievte die Axt am Stiel nach oben und ließ die Klinge senkrecht nach unten baumeln, immer knapp an seinen Schienbeinen vorbei. „Was is'?!", rief es, als es mich sah. „Wir spielen Blutspende!" Ich weiß nicht, in welcher Phase ihr Spiel gerade war, aber ich machte ihm sofort ein Ende. Wie gesagt, bei meiner Spaltaxt bin ich fast ein bisschen penibel.

VATERTAG

Ich erinnere mich noch gut an den letzten Vatertag. Mein Passat war mit Frau und Kindern voll besetzt und rollte einem gemütlichen Familienausflug entgegen. Jedenfalls, sofern man Ausflüge mit drei kleinen Töchtern gemütlich nennen mag. Diese saßen auf dem Rücksitz, zogen sich schreiend an den Haaren und stimmten irgendwann Fußballgesänge an: „Seechs-undneunzig / immer nett und freundlich, / wer will es wissen, / Bayern ist beschissen!" Da war es wieder – das hässliche B-Wort. Ich hätte einschreiten müssen, mich aufregen. Doch heute war ja mein Tag. Vatertag. Entspannt biss ich mir auf die Lippen und blickte aus dem Fenster. Dort zogen sie mit ihren Bollerwagen entlang.

Nun gibt es Menschen, die solche Touren für Triumphzüge saufender Barbaren halten, die den Untergang des Abendlandes feiern. Ich aber sage: Lasst die jungen Männer doch fröhlich sein.

Nun gibt es Menschen, die das vormittägliche Absingen von zweifelhaftem Liedgut unter Vernachlässigung des religiösen Gehalts von Christi Himmelfahrt für obszön halten, ganz zu schweigen von rituell ausgetragenen Keilereien und dem traditionellen Erbrechen unter freiem Himmel. Ich aber sage: Sollen die jungen Männer sich doch für einen Tag von der Emanzipation erholen, sie werden es ja sonst schwer genug haben.

Nun gibt es Menschen, die sagen, dass echte Väter unter den Milchgesichtern der Bollerwagenfraktion dünn gesät sind. Weil echte Väter zum Saufen gar nicht die rechte Muße haben. Weil mit der Zahl der Kinder die Angst vorm Kater steigt. Denn Kindern ist es egal, ob Vater gestern Vatertag gefeiert hat. Sie kennen weder Kopfschmerz noch Nachdurst. Für sie ist jeder Tag Vatertag. Ich aber sage: Neid ist da kein guter Ratgeber.

So blickte ich aus dem Autofenster. Wolken zogen auf. Vielleicht regnet es ja gleich, dachte ich und lächelte. „Bayern ist beschissen!", sangen die Mädchen jetzt wieder. Meine Wut entlud sich. „So! Wer das B-Wort jetzt noch eiiiinmal sagt, wäscht sich den Mund mit Seife aus!", donnerte ich. Kinder brauchen da klare Grenzen. „Ich hab's euch schon hundertmal erklärt", fügte ich etwas gütiger hinzu: „‚Bayern' sagt man nicht!"

WÖLFE AM KÜCHENTISCH

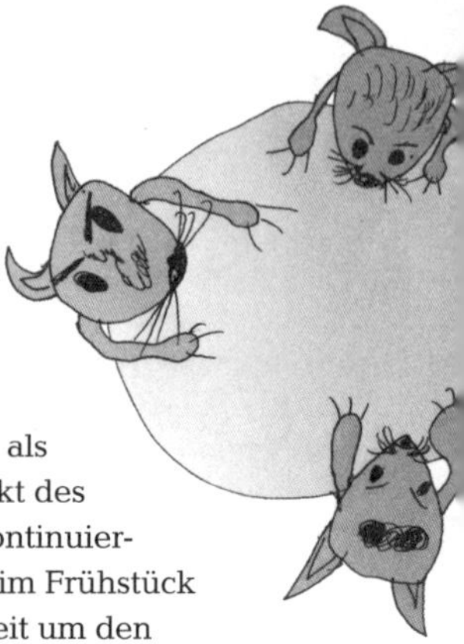

Erschießen!", sagte das Mittelkind. „Alle erschießen!" Ich blickte von meiner Zeitung auf. Man muss dazu wissen: Ich gehöre zu den Menschen, die beim Frühstück gern laut aus der Zeitung vorlesen. Ich weiß wohl, dass das in gewissen Kreisen als spleenig und selbstbezogen gilt. Dabei ist es ein Akt des Pragmatismus: Wenn ich nämlich nicht laut und kontinuierlich sprechen würde, hätten meine drei Töchter beim Frühstück schnell das Gespräch an sich gerissen, es gäbe Streit um den Zugriff aufs Nutella-Glas, am Ende flössen Tränen, und ich käme nicht mehr zum Lesen. Also lese ich lieber laut.

Als das Mittelkind mich unterbrach, hatte ich gerade etwas über die Wölfe vorgetragen, die es ja neuerdings wieder bei uns gibt. Die Wolfsberichterstattung unserer Zeitung stößt im Kreise meiner Familie auf höchstes Interesse. „Diese gefährlichen Biester gehören erschossen oder eingesperrt!", wetterte das Mittelkind. Die Erstgeborene verdrehte die Augen. „Alle wissen doch, das Wölfe total friedlich sind und Angst vor Menschen haben!", konterte sie. „Na, hoffentlich wissen das die Wölfe auch!", höhnte das Mittelkind.

„Lasst die armen Tiere in Ruhe!", mischte sich nun die Jüngste ein. In meiner Familie gibt es zwei Fraktionen: Die einen finden Wölfe totaaal kuschelig und würden am liebsten Brüderschaft mit ihnen trinken. Die anderen fürchten, dass wir bald nachts in der U-Bahn nicht mehr sicher sind angesichts der grassierenden Wolfsplage. Diese Fraktion fordert Rache für Rotkäppchen. Jetzt eskalierte der Streit. „Dich sollte mal ein Wolf in den Hintern beißen!", giftete die eine. „Ausstopfen und ab ins Museum!", geiferte die andere. Dann fletschten alle miteinander die Zähne.

Ich aber erhob meine Stimme. Anstatt in den Streit einzugreifen, trug ich einfach einen sehr lesenswerten Artikel über Reformen im griechischen Finanzwesen vor. Mit kräftiger, sonorer Bassstimme. Bald mümmelten alle wieder friedlich vor sich hin. Was wir nun mit den Wölfen machen sollen, weiß ich auch nicht. Aber wie man das Wolfsgesetz der Küchentischskommunikation außer Kraft setzt, das weiß ich schon. Wer laut lesen kann, ist klar im Vorteil.

DIE ZAHNLÜCKE

Narben sind die Signaturen des Lebens auf einem Körper. Und unter all den Narben, die ich mit Stolz trage, ist die Backenzahnlücke unten rechts meine schönste. Kürzlich jedoch sollten meine drei Töchter zum Zahnarzt. „Ein bisschen mulmig ist mir schon", sagte die Erstgeborene am Küchentisch. Ein guter Vater darf seine Kinder mit solchen Ängsten nicht alleinlassen. „Stell dich gefälligst nicht so mädchenhaft an", sagte ich also und schlug ihr aufmunternd auf die Schulter. Dann griff ich mir mit zwei Fingern in den Mundwinkel und zog den Vorhang auf: „Da, mir hehlt hogar ein ganscher Chahn und ich jammbere nich rum."

Die Kinder bauten sich vor meiner Mundhöhle auf. „Wieso fehlt denn der Zahn?", fragte das Mittelkind und spähte zwischen meinen Schneidezähnen hindurch. Ich dachte zwanzig Jahre zurück. Vor meinem inneren Auge stand der Bundeswehrzahnarzt, wog sorgenvoll den Kopf hin und her und sagte: „Nächste Woche Wurzelbehandlung am Backenzahn – da fällt für Sie das Biwak auf dem Truppenübungsplatz wohl aus." Für Ungediente: Ein Truppenübungsplatz ist ein Ort, an dem praktisch das ganze Jahr über Schneeregen auf übellaunige Unteroffiziere fällt. Und ein Marsch zum Biwak ist eine Reise ins Herz der Finsternis. Eine Wurzelbehandlung aber ist eine Wurzelbehandlung. Ich hatte also die Wahl zwischen Pest und Cholera. Zwischen Skylla und Charybdis. Zwischen Truppenübungsplatz und Wurzelbehandlung eben.

Nun gibt es Menschen, die sagen, dass große Entscheidungen immer aus Angst getroffen werden. Dass die Furcht unser Handeln lenkt wie der Herbstwind den Drachen. Ich aber sage, dass ich mir meiner Verantwortung für die nordatlantische Verteidigungsbereitschaft stets in vorbildlicher Weise bewusst gewesen bin. Ich wählte den Truppenübungsplatz. Der Zahn starb dort nach langem Siechtum den Heldentod. Als ich Monate darauf wieder zum Zahnarzt ging, griff dieser wortlos zur Zange.

„Den Chahn hawe ich als Ffoldat geopffert, auff dem Ffeld der Ehre", sagte ich zum Mittelkind. Dann ließ ich meine Backe los. „Ich habe meinen Zahn dem Vaterland in den Schoß geworfen", fügte ich feierlich hinzu. „Oooh!", staunte das Nesthäkchen. Es stellte sich offenbar vor, wie so ein Wurf wohl aussehen könnte. Ich hegte stillen Stolz auf meinen Beitrag zur Verteidigung unserer freiheitlichen demokratischen Grundordnung. Diese allein macht es möglich, dass unsere Töchter heute in Frieden und Freiheit zum Zahnarzt gehen können.

DER ERWÄHLTE

Seltener als früher, aber doch noch öfter, als mir lieb ist, bekomme ich Anrufe von Berufsanrufern, die mir einreden wollen, ich sei Sieger irgendeines Gewinnspiels. Ich weiß nicht wie, aber irgendwie wollen sie dabei an mein Geld kommen. „Herzlichen Glückwunsch, Sie sind einer der Erwählten", sagte die Anruferin diesmal. Doch dafür, dass ich erwählt sein sollte, klang es ziemlich runtergerattert. „Ausgeschlossen, Glücksspiel lehne ich ab", sagte ich entschieden. „Wie alle in meiner Glaubensgemeinschaft. Aus religiösen Gründen."

Aus religiösen Gründen, das lehrt die Erfahrung, geht eigentlich alles. Jeder wird alles verstehen. Keiner traut sich mehr nachzufragen, wenn etwas nur aus religiösen Gründen geschieht. Das Thema ist erstaunlich vielen Leuten peinlich. Jemand, der in der Kantine ein halblautes Tischgebet spricht, wird mehr verstörte Blicke ernten als der Kollege, der laut darüber klagt, dass sein Intimpiercing rostet. Und intuitiv meinen die meisten, dass Glücksspiel und Glaube irgendwie nicht zusammenpassen. Päpste pokern nicht.

Diese Anruferin aber war hartnäckig. „Was ist denn das für eine Glaubensgemeinschaft?", fragte sie. Entweder konnte sie nicht fassen, dass jemand nicht zu den Erwählten zählen wollte, oder das Gift der Gier hatte ihr Schamgefühl so nachhaltig zerfressen, dass ihr nichts mehr heilig war. Da fuhr der Geist in mich und sprach aus mir. „Wir sind die unbeschuhten Zeugen vom heiligsten Gral des siebenten Weges", hörte ich mich sagen. „Ich kann Ihnen gern eine unserer Broschüren zukommen lassen. Mögen Sie mir Ihre private Adresse anvertrauen?" Offenbar hatte die Anruferin ihre Erlösungsbedürftigkeit noch nicht recht erfasst. „Äh, nein, nein, danke", sagte sie abwehrend und schwieg danach ziemlich laut. Unser Gespräch drohte in eine Sackgasse zu geraten.

„Wir kommen Sie auch gern besuchen", versprach ich ihr daher wohlwollend. „Ich, ach ...", sagte sie. „Ja, Sie!", erwiderte ich und legte viel pastorale Wärme in die Stimme. „Denn auch Sie sind gerufen, dem siebenten Weg des Grals unbeschuht zu folgen." Sie atmete noch etwas. Dann hörte ich ein Klicken. Sie hatte aufgelegt. Und irgendwie hatte die Kraft der Religion mitten in unserem glaubensfernen Alltag wieder einmal einen kleinen Sieg davongetragen.

DIE LEHRERIN

Man sah es dem alten Herrn mit der dicken Brille schon an: Er war niemand, der Arte auf dem ersten Platz seiner Fernbedienung hatte. Im Café setzte er sich neben die junge Frau, die Klassenarbeiten korrigierte. Dann eröffnete er ein Gespräch. „Ist nichts mehr los mit der FDP!“, sagte er und sah dabei aus, als würde er vom Tod des Nachbardackels berichten. „Äh, nein“, sagte sie und vertiefte sich schnell wieder in ihre Hefte. Sie schwiegen. „Nee, das wird nichts mehr“, sagte er dann. Sie sah noch entschlossener auf ihre Diktate.

Wir an den Nachbartischen waren alle froh, selbst dem großen Plauschangriff dieses aufdringlichen Heinis entkommen zu sein. Jetzt linste er in ihre Hefte. „Wie viele Schüler haben Sie denn?“, fragte er. „Mal raten – 20 Schüler? 25 Schüler?“ Da kam sie plötzlich und unerwartet aus der Reserve. „Ob Sie's glauben oder nicht, wir unterrichten auch Schülerinnen“, sagte sie so spitz, dass man sich dringend wünschte, bei ihr weder Schülerin noch Schüler zu sein. Der Eishauch des Feminismus durchwehte das Café.

Nun muss man wissen, dass ich ein reaktionärer Chauvinist bin. Im doppelten Plural sehe ich nicht den Sieg der Emanzipation, sondern die Verhunzung der Sprache. Ich mag Politiker nicht, die gestanzt von den „Bürgerinnen und Bürgern“ draußen im Lande sprechen. Schiller wusste schon, warum man ein Drama besser nicht „Die Räuberinnen und Räuber“ nannte. Und jetzt belehrte diese Zicke den armen, alten und sicherlich grundgütigen Herrn darüber, dass es gefälligst „Schülerinnen und Schüler“ zu heißen hatte.

Er hatte plötzlich all mein Mitgefühl. Gern hätte ich ihm eine passende Antwort souffliert: „Sie unterrichten Mädchen? Doll, dass hätte ich von einer Gesamtschule mitten in Hannover gar nicht erwartet!“ Oder: „Lernen die denn genauso gut wie Jungen?“ Doch er nickte nur: „Nee, das mit der FDP, das wird nicht wieder“, sagte er dann traurig.

Ich vergrub mein Gesicht in den Händen. Da hatte dieser arme Tropf für zehn Sekunden im Zentrum eines Kulturkampfes gestanden, er war Bürgerkriegspartei gewesen – und er hatte es nicht einmal gemerkt. Wegen dieses Eumels hatte die Gegenseite jetzt einen billigen Sieg vom Platz getragen. Mich tröstete, dass auch die Gewinnerin eher verzweifelt aussah, als sie ihre Hefte – wohl etwas früher als geplant – zusammenpackte. Aber vielleicht stand sie auch einfach nur der FDP nahe.

BILD DER FRAU

Früher mussten sich Mütter rechtfertigen, wenn sie wieder arbeiten gingen. Heute müssen sich Mütter auch rechtfertigen, wenn sie wieder arbeiten gehen – aber eben genauso wie Mütter, die zu Hause bleiben. Das ist Gleichberechtigung. Ich selbst habe als wertkonservativer Familienvater ganz eigene Ansichten dazu, die ich jedoch hier nicht ausführen kann. Aus Platzgründen. Außerdem habe ich eine Güterabwägung zwischen Pressefreiheit und ehelichem Frieden getroffen. Der eheliche Friede ist ein hohes Gut.

An all das dachte ich, als wir kürzlich Mittagstisch in einem Asiarestaurant hielten. So ein Mittagessen mit meinen drei Töchtern, noch dazu im öffentlichen Raum, kann schnell in einer Katastrophe enden. Mit Szenen wie in einem Gemälde von Hieronymus Bosch. Eingangs prüfte meine Erstgeborene mit dem Finger die Temperatur der Wärmeplatte. Sie war sehr heiß. Dann stritten sich Mittelkind und Nesthäkchen um eine Frühlingsrolle, bis diese auf der Erde lag. Ein umgeworfenes Cola-Glas später führten wir einen kulinarischen Disput darüber, ob Bambussprossen nun „zum Kotzen" sind oder nicht. Und dann büßte das Nesthäkchen seinen Playmobilindianer ein. Die Figur fiel ihm am Büfett in die Schale mit der roten, sämigen Süßsauersoße. Es gelang mir, das Kind schnell abzulenken, sodass mir peinliches Fischen im Soßenbecken erspart blieb. Ich hoffe, der Tellerwäscher hat Verwendung für Playmobil.

Dann ging es ans Bezahlen. „Alle sinde deine Kinder?", fragte mich der asiatische Kellner mit landestypischem Lächeln. Mit großer Gewissheit bejahte ich. „Alle sinde Mädchen!", sagte er nun und blickte mitleidig drein. „Machte ja nix", sagte er tröstend und zeigte mit ausgestrecktem Zeigefinger auf meine Gattin. „Deine Frau ja noch jung, gehen noch viel Söhne!" Ich nickte stumm. Instinktiv spürte ich, welcher Position dieser Mann in der Diskussion ums Betreuungsgeld wohl zuneigen würde.

Ich wünsche niemandem Schlechtes. Unserem Kellner wünsche ich zum Beispiel viele Töchter. Und jede von ihnen soll ihrerseits viele Töchter in die Welt setzen. Alle jungen Mütter sollen dann sofort nach der Geburt wieder arbeiten gehen. Und der Kellner soll auf alle Mädchen aufpassen. Gern auch beim Restaurantbesuch.

SCHÜTZEN-AUSMARSCH

Mein Nachbar ist zugezogen. Er konnte es also nicht besser wissen. Trotzdem sah ich mich gezwungen, ihn höflich, aber bestimmt, zurechtzuweisen, als er einfach so mir nichts, dir nichts seinen Müllsack vor die Tür stellen wollte. „Gleich ist Schützenausmarsch!", sagte ich zu ihm und zeigte auf meinen Besen. Ehe der Umzug an unserem Haus vorbeimarschierte, wollte ich noch schnell die Straße fegen.

Das war schon immer so: Zum Schützenausmarsch muss die Straße gefegt sein! Derzeit ist Schützenfestsaison. Und wie jeder anständige Mensch liebe ich ganz besonders unser Laatzener Schützenfest, diese herrliche Mischung aus Flötenspiel und Lüttjer Lage, aus „Lustigen Hannoveranern" und Uniformträgern, die vor lauter Orden fast vornüberfallen. Seit Gründung unseres Schützenvereins anno 1904 wurde in Laatzen das ein oder andere Hochhaus gebaut. Weltkriege kamen und gingen, die D-Mark kam und ging. Stummfilme und Beatmusik, DDR und Helmut Kohl – nichts hatte Bestand. Nur das eherne Vermächtnis der Ahnen: Zum Schützenausmarsch muss die Straße gefegt sein! Ein Satz von zeitloser Gültigkeit. Ihm zu folgen ist bei uns das halbe Evangelium und das ganze Grundgesetz.

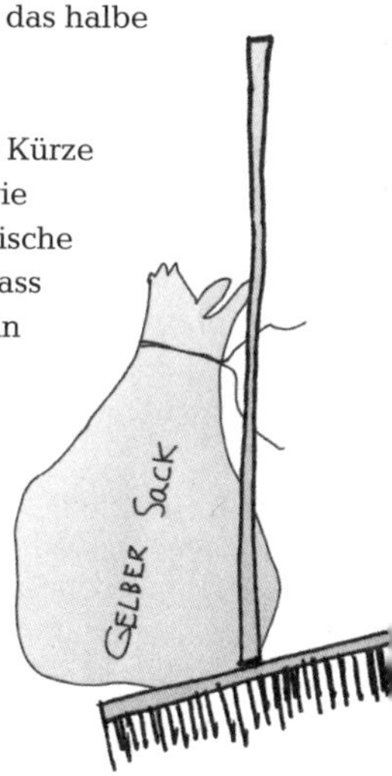

Über all das klärte ich meinen Nachbarn in gebotener Kürze auf. „Im Straßefegen inkarnieren sich an einem Tag wie diesem Bürgersinn, Dienst am Gemeinwohl und praktische Nächstenliebe", schloss ich. Er sah umstandslos ein, dass ein Müllsack am Straßenrand an einem solchen Tag ein Sakrileg war. Eine Todsünde wider den Dorfgemeinschaftsgeist. Schnell stellte er den Sack hinter die Pforte. Dann kamen die Schützen. Mit klingendem Spiel zogen sie vorbei; Bürgermeister und Spielmannszug, Damenabteilung und Sportverein. Um ganz zwanglos ein paar Schützenhände schütteln zu können, bat ich meinen Nachbarn, kurz den Besen zu halten. Und es begab sich, dass ein Schütze aus der letzten Reihe auf meinen Nachbarn zeigte. „Guck mal", raunte er seinem Nebenmann zu. „Der Typ da hat extra noch die Straße gefegt." Ich widersprach nicht. Was Lob und Zuspruch anbelangt, muss man auch gönnen können.

IM DÖNERLADEN

Ich stand am Tresen und wartete auf viermal „Döner mit alles", zweimal mit scharf und einmal mit zweimal scharf und Salat extra. Meine Frau ist emanzipiert, und wenn sie einmal beruflich aushäusig ist, kümmere ich mich in vorbildlicher Weise um die Ernährung unserer drei Töchter. Das läuft alles total partnerschaftlich bei uns. Nur, dass ich es unkomplizierter finde, bei Abdelrahmans Dönerladen etwas zu holen, als mit den Kindern dorthin zu gehen. Weil ich ja weiß, welche Gefahren im Restaurant lauern.

Meist gibt es im Restaurant schon Kabale, ehe wir am Tisch sitzen. Die Erstgeborene ist dann sauer, weil sie lieber zum Chinesen wollte und weil alle immer ihren Willen kriegen, nur sie wieder nicht. Während sie schweigend schmollt, tunkt das Mittelkind seinen Finger in Abdelrahmans Zweimal-scharf-Soße und lässt das Nesthäkchen ablecken. Während das Nesthäkchen mit Tränen in den Augen den Wasserhahn leer trinkt, treten sich Erstgeborene und Mittelkind unterm Tisch. Die anderen Leute gucken schon, als die beiden anfangen, sich mit Brotkügelchen zu bewerfen. Am Ende gibt es Szenen wie in Dantes siebentem Kreis der Hölle. Darum hole ich das Essen lieber ab.

An all das dachte ich, als die Großfamilie den Laden betrat. Vater, Mutter und vier Kinder. Jedes von ihnen grüßte artig Richtung Tresen. Sie setzten sich vollkommen geräuschlos. Als der Brotkorb kam, bot der älteste Sohn still lächelnd seinen Eltern zuerst davon an. Und dann, mit großer Selbstverständlichkeit, mitten im Dönerladen, sprach der Vater über dem Brot ein leises Tischgebet. Ohne Bekreuzigen, also evangelisch.

Nicht, dass die Beter aufdringlich gewesen wären, aber es war unmöglich, sie zu ignorieren. Die anderen Gäste senkten ihre Stimmen, manche schauten fast feierlich drein, andere lächelten verlegen. Ein Hauch pfingstlicher Allverbundenheit einte den Laden. Abdelrahman ließ hinterm Tresen das Dönermesser sinken und sah ganz ehrfürchtig aus. Er und ich schauten gemeinsam zu der evangelischen Familie hinüber, die so höflich, friedlich und zuvorkommend war. Und in stiller, interreligiöser Demut bewunderten wir die sittliche Kraft des Protestantismus.

AM KÜCHENTISCH FÜRS LEBEN LERNEN

Das Wertvollste, was wir unseren Kindern mit auf den Weg geben können, sind ihre eigenen Erfahrungen. Es ist sinnlos, sie vor der Unbill des Lebens beschützen zu wollen. Diese Weisheit kam mir in den Sinn, als ich mit meinen drei Töchtern jetzt beim Opa vorbeischaute.

Der Opa hatte sich gerade eine große Portion Spargel auf den Teller getan. Nun muss man wissen, dass meine Töchter Schokolade ablehnen. Vermutlich aus ethischen Gründen oder weil sie ihnen nicht schmeckt. Wir haben nie darüber gesprochen. Dafür lieben sie Spargel. Sechs Kinderaugen leuchteten. „Dürfen wir was abhaben?", fragte die Erstgeborene. Etwas widerwillig nickte der Opa. Ich wusste, dass er seine Portion im Geiste durch vier teilte und zum Ergebnis kam, dass für ihn selbst dann kaum noch etwas übrig bleiben würde.

„Also, wir machen jetzt einen Wettbewerb", sagte er mit abgründigem Lächeln. „Wer die meisten Kartoffeln schafft, bekommt anschließend auch am meisten Spargel." Die Kinder nickten, ihre Zungen zuckten in den Mundwinkeln. Mit einem Appetit, den sie Kartoffeln sonst nie entgegenbringen, machten sie sich über diese her. Ihnen hätte auffallen können, dass der Opa selbst nur zögernd zugriff und schon nach der zweiten Kartoffel demonstrativ stöhnte. Doch die Gier ist ein Gift, das die Sinne trübt. „Ich kriege gleich am meisten Spargel", sagte das Mittelkind, die Backentaschen voller Kartoffeln. „Gar nicht, ich bin schon bei der sechsten Kartoffel", schmatzte das Nesthäkchen.

Ich schaute schweigend zu. Ich wusste ja, was kommen würde. Am Ende hatte jedes Kind einen Berg Spargel auf dem Teller – und überhaupt keinen Hunger mehr. Alle Stangen landeten beim Opa, der sie aufopferungsvoll aß. Ich aber freute mich, dass meine Töchter diese Erfahrung am Küchentisch machen durften. Nicht später im Beruf oder an der Börse. Und ich freute mich, dass der Opa noch die gleiche Masche draufhatte wie in meiner Kindheit. Auch mich hat er seinerzeit so um den Spargel gebracht. Allerdings habe ich Spargel schon damals gehasst.

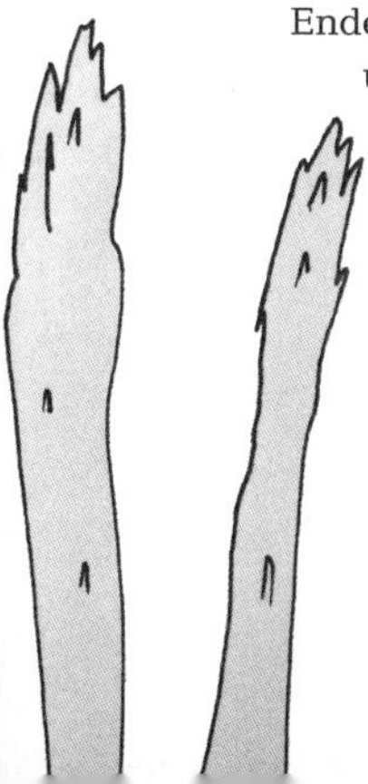

IN DER FÜHRUNGSROLLE

Wann immer meine Familie eine fremde Stadt besucht, schlägt für meine drei Töchter die Stunde der Hochkultur. Ich wechsle dann geschmeidig in die Rolle des Stadtführers und gebe ihnen interessante Einblicke in die historischen Geschicke des Ortes. Danach frage ich ab, warum diese oder jene Kirche nun gotisch oder romanisch ist, und am Ende lasse ich meine Töchter die wichtigsten Passagen meiner Ausführungen mit ihren eigenen Worten wiedergeben. Man kann schon sagen, dass ich als Stadtführer in meinem Element bin und dass mein Lehramtsstudium nicht fruchtlos geblieben ist.

Kürzlich aber war alles anders. Wir besichtigten das schöne Osnabrück, ein Ausflug mit Freunden, und jemand hatte eine Stadtführung organisiert. Ich fürchtete schon, mich umsonst in die komplexe Thematik eingelesen zu haben. „Osnabrück ist die drittgrößte Stadt Niedersachsens“, begann die Führerin. Ich zeigte auf. „Die viertgrößte, Oldenburg hat inzwischen rund 3000 Einwohner mehr“, korrigierte ich sie mit großer Freundlichkeit. Es ist ja nicht so, dass ich bei kleinen Fehlern nicht nachsichtig wäre. Meine Erstgeborene verdrehte peinlich berührt die Augen. Die Führerin bedankte sich. Doch in ihrem Blick sah ich Anzeichen von Gereiztheit.

Dann kam sie auf das traurige Kapitel der Hexenprozesse zu sprechen: „Hier wurden 278 Menschen hingerichtet …“ – „… darunter auch zwei Männer“, ergänzte ich sachlich zutreffend. Mein Mittelkind wurde rot und schaute genervt. „Soso“, sagte die Führerin. Dann glaubte sie, uns etwas Neues über den Welfenspross Ernst August und seine Sophie erzählen zu können. Spontan klinkte ich mich ein und klärte unsere Gruppe darüber auf, dass beide auch in Herrenhausen sehr segensreich gewirkt hatten. Als Osnabrückerin konnte die Führerin das wohl nicht wissen. Während ich also regionale Bildungswelten vernetzte, blickte mein Nesthäkchen sehnsuchtsvoll zum nächsten Eisladen.

Auf dem Weg zum Rathaus zischte mich die Führerin von der Seite an. „Bist ein kleiner Klugscheißer, was?!“, sagte sie wohl etwas unfreundlicher als beabsichtigt. „Besserwisser“, antwortete ich lächelnd. „Man sagt Besserwisser!“

DER BESUCH DES MÜTTERLEINS

Mich dauerte das abgerissene, graue Mütterlein, das da gebückt an unseren Flohmarktstand trat. Ich hatte den Dachboden entrümpelt und mich schweren Herzens dazu durchgerungen, einige ausgesuchte Antiquitäten in liebevolle Sammlerhände abzugeben. Meine drei Töchter hatten außerdem wertloses Ramschspielzeug aussortiert. Und nun stand das alte Mütterlein vor uns und griff verstohlen nach einem Paar Damenschuhe.

Sicherlich hatte sie ihr Leben lang hart gearbeitet und musste sich nun, weil die karge Rente nicht reichte, auf dem Flohmarkt einkleiden, dachte ich. „Was sollen denn die Schuhe kosten?", fragte sie leise. Hatte ich da Scham in ihrem Blick gesehen? „Nur einen Euro!", sagte ich milde. Die alte Dame dankte in Demut, zahlte und steckte die Schuhe ein. Meine drei Töchter sahen mich vorwurfsvoll an, als sie abzog. „Das waren nagelneue Markenschuhe!", zischten sie sauer. Ich aber klärte sie darüber auf, dass Geld nicht alles ist im Leben und dass gute Taten ihren Lohn in sich selbst tragen.

Die Geschäfte gingen schlecht. Weil die Welt ja den Wert echter Antiquitäten nicht mehr zu würdigen weiß, blieb ich auf einem Großteil meiner Backbeeren sitzen, während meine Töchter durch Spielzeughandel reich wurden.

Als ich meine Sachen mittags wieder heimtrug, sah ich das Mütterlein noch einmal. Sie betrieb selbst einen Stand. In zentraler Lage. Gerade dirigierte sie einen asiatischen Helfer mit Kartons hin und her. Das Mütterlein war eine gewerbsmäßige Händlerin, spezialisiert auf gediegene Kleidung. Jetzt hielt sie einer Russin mit lila Dauerwelle unsere Damenschuhe hin. „30 Euro, kein Cent weniger!", sagte sie mit geschäftsmäßiger Kälte. Die Russin zückte ihr Portemonnaie. Ich aber zweifelte nicht eine Sekunde daran, dass sie die Schuhe ihrerseits an einen steinreichen saudischen Prinzen verhökern würde. Für das Zehnfache.

WETTSCHULD UND SÜHNE

Bei Spaziergängen zieht es mich oft an Orte meiner Jugend zurück. Gestern stand ich auf jener Landzunge, die idyllisch in einen der Laatzener Teiche hineinragt. Und während im Gegenlicht Pollen übers Wasser wehten, sah ich auf der Erde einen toten Regenwurm. Plötzlich erinnerte ich mich daran, dass ich genau hier schon einmal so einen gesehen hatte.

Es war der Sommer 1979. In Berlin stand eine Mauer, in Tschernobyl ein Atomkraftwerk, und an der Spitze der Charts stand Boney M. Wir trugen in der flirrenden Hitze kurze Hosen. Vermutlich mit Schlag. So waren die Zeiten. Der Rädelsführer unserer Bande hieß Tom, und auf der Landzunge hielt er mit zwei Fingern einen toten Regenwurm in die Höhe. „Wetten, dass ich mich traue, den zu essen?", rief er mit Todesverachtung. „Wetten um zehn Mark!"

Tom wusste immer alles, er war der Tollste der Klasse und konnte wahrscheinlich auch fliegen. Ich aber hatte gerade Besuch von meiner Patentante gehabt. Ich war reich. Wortlos legte ich zehn Mark ins Gras. Alle blickten mit großen Augen auf Tom, der nun nicht mehr zurück konnte. Er steckte das Geld ein. Ihn schauderte vor der eigenen Courage. Er guckte wie Django, als er den Regenwurm an die Lippen führte. „Halt!", rief ich da. „Tu's nicht! Du kannst ihn später essen. Ich sage dir schon, wann."

Tom nahm die Begnadigung dankbar an. Es war ein Triumph des Augenblicks über die Ewigkeit. Denn Tom war zwar für den Moment aus dem Schneider. Doch er konnte fortan nie wissen, wann ich die Wettschuld einfordern würde. Der ungegessene Regenwurm hing Tag für Tag wie ein Damoklesschwert über Toms Schulzeit. Bis er irgendwann doch in Vergessenheit geriet. Tom aber legte die zehn Mark offenbar gut an. Heute hat er einen Job, in dem man Krawatte trägt. Ich habe gehört, dass er in Meetings oft das große Wort führt.

Als ich nun gestern so am Teich stand, musste ich lächeln. Dann bückte ich mich und tat etwas in eine Streichholzschachtel. Jetzt liegt diese in unserem Kühlschrank. Wir haben nämlich nächste Woche Klassentreffen. Und da möchte ich Tom eine kleine Freude machen.

LANDMÄNNER

Beruflich bin ich in jüngster Zeit oft hinausgefahren an die Ränder der Region Hannover. Ich mag die lauschigen Dörfer dort, erbaut aus Backstein und Bauernfleiß, aus Fachwerk und Rübenreichtum, aus Sozialdemokratie und Protestantismus. Und dort begab es sich, dass ich mich in einem Landgasthaus mit Eternitfassade aus den Sechzigerjahren über meine Bratkartoffeln beugte und unfreiwillig Ohrenzeuge eines Dialogs unter Landmännern wurde. Sie saßen nebenan beim Bier und sprachen über Geld. Da ist Calenberg nicht anders als New York. Ein Bauer aus dem Nachbardorf, so erfuhr ich, hatte irgendwo einen Acker gekauft: „Mehr als 50 Hektar für gut anderthalb Millionen Euro!"

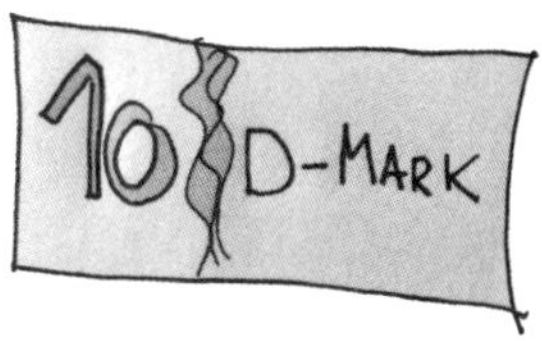

Ich ertappte mich beim Umrechnen. Nicht dass ich noch immer alles in Mark umrechnen würde. Bei Kilometerangaben auf der Autobahn („Noch 140 bis Berlin – also 280 in echt") hat sich der Reflex inzwischen gelegt, und bei kleineren Investitionen wie Kaugummi oder Brötchen auch. Aber so ein Ackerkauf ist für jemanden wie mich nichts Alltägliches. Drei Millionen Mark hatte der Bauer also bezahlt, überschlug ich gekonnt. Und ich dachte an das Markstück, das ich aus Traditionsbewusstsein immer noch im Portemonnaie habe. Dieses Stückchen verblichene Währung erinnert mich vor jedem Wursttresen aufs Neue an die Vergänglichkeit irdischer Werte. Ein monetäres Memento mori. Vielleicht aber auch die Avantgarde: Wenn die D-Mark bald doch wieder Zahlungsmittel wird, werde ich in meiner Börse einen alten Euro in Ehren halten.

Doch als ich da nun über meinen Bratkartoffeln saß, schämte ich mich meiner Umrechnerei plötzlich. Fast zehn Jahre gab es den Euro jetzt! Ich kam mir auf einmal sehr konservativ vor. Unflexibel und verschlossen. Ich nahm mir vor, mich künftig stärker für alles Neue zu öffnen, zu akzeptieren, dass auch Grundstücke heute in Euro bezahlt werden, und auch generell ein besserer Mensch zu werden. Bis der Landmann am Nebentisch auf die Neuigkeit vom Ackerkauf reagierte. „Dunnerwetter!", sagte er mit hochgezogenen Augenbrauen und kratzte sich bedächtig am Kopf. „Mehr als 50 Hektar – dat sind denn ja woll gut und gern 200 preußische Morgen!"

SOMMER

Die Jahreszeit, in der Nacktschnecken und Mückenjagden ihren festen Platz haben – und eine Urlaubsfahrt schnell zur Reise ins Herz der Finsternis wird.

BEIM BUND

Wie groß meine Verdienste um die freiheitliche demokratische Grundordnung sind, werden wohl erst Historiker künftiger Generationen in vollem Umfang ermessen können. Hier nur so viel: Nach Jahrzehnten der kommunistischen Bedrohung wurde ich 1989 zur Bundeswehr einberufen, um die nordatlantische Drohkulisse gegenüber dem Ostblock noch etwas fürchterlicher zu gestalten. Binnen weniger Monate war die Mauer gefallen, Deutschland war wiedervereinigt, die Sowjetunion löste sich freiwillig auf. Lesen Sie es nur in den Geschichtsbüchern nach. Der Feind hatte verstanden. Meine Mission war erfolgreich verlaufen.

Viel Aufhebens mache ich von meinen Heldentaten im Grunde nicht, höchstens ab und an ein wenig im Familienkreis. So wie kürzlich, als im Kleiderschrank ein altes Bundeswehr-T-Shirt auftauchte, aus dem ich inzwischen leider herausgewachsen war. Gedanklich marschierte ich wieder durch das lauschige Garnisonsstädtchen M. in der Lüneburger H., der magenkranke Feldwebel Krapotschnick brüllte Kommandos über den Kasernenhof, und ich war jung und rank und schlank und guter Dinge. Meine Töchter rissen mich aus den Erinnerungen: „Was hast du beim Bund eigentlich gemacht, Papa?" „Aufgepasst, dass keine bösen Menschen nach Deutschland reinkommen", sagte ich so unpathetisch wie möglich. Man muss da kindgerecht formulieren. „Und wie macht man das so?", fragten sie.

Ich hätte es mir jetzt leicht machen können. Ich hätte sagen können, dass es unter Umständen schon ausreicht, mit den Panzergrenadieren Wollny und Fischer, Mosch und Zurkammer und Hanold auf Hochbetten zu sitzen und Schnaps zu trinken. Doch ich antwortete differenziert: „Man muss sich eben sehr anstrengen." Meine Töchter waren beeindruckt: „Wollten denn viele böse Menschen nach Deutschland reinkommen?" Ich fühlte mich plötzlich verpflichtet, sie an den Abwasch zu erinnern. Die historische Wahrheit wird sich noch früh genug Bahn brechen.

JUBEL IN BREMEN

Zu den unschönen Seiten Arabiens gehört, dass Diktaturen dort oft von großer Haltbarkeitsdauer sind. Umso schöner können die Araber – Friede sei mit ihnen! – aber jubeln, wenn sie wieder einen ihrer Despoten zum Schaitan gejagt haben. Im Fernsehen war jetzt eine Menschenmenge zu sehen, die im Jemen die Ausreise des bisherigen Machthabers Saleh feierte wie wir einst den Mauerfall, nur halt ohne Trabis und Ost-Frisuren. Vermutlich sangen sie gerade „So ein Tag, so wunderschön wie heute" auf Arabisch, als meine erstgeborene Tochter hereinkam.

„Was schreien die denn da so?", fragte sie. Als Vater dreier Töchter und guter Staatsbürger hat man eine gewisse Verantwortung fürs große Ganze. Also hob ich zu einem kleinen Referat über Jemens jüngere Geschichte und Salehs Regime an, über politische Mündigkeit und Revolutionstheorien im Allgemeinen. Meine Älteste geht in die zweite Klasse, und eines Tages wird sie mir dankbar sein. Kurz darauf kam das Mittelkind ins Zimmer. „Was machen die denn da im Fernsehen?", fragte es. Prompt ließ die Erstgeborene das Licht ihres gerade erworbenen Wissens leuchten. „Das ist im Jemen", belehrte sie das Mittelkind. „Die Leute dort konnten ihren alten Bestimmer nicht mehr leiden. Sie haben ihn gedrängt, weil sie wollten, dass er stürzt und zurücktritt, und jetzt ist er jedenfalls schon mal weg." Ich nickte zufrieden. Das Mittelkind hob eine Augenbraue. In unserer Familie werden Konflikte teils nach ganz ähnlichen Mustern gelöst.

Dann trat das Nesthäkchen ins Zimmer. „Was ist da denn los?", fragte es, wobei es zugleich auf den Bildschirm und in die Runde blickte. Das Mittelkind verdrehte die Augen angesichts solch erschreckender Unwissenheit. „Na, das ist doch in Bremen", sagte es genervt, und in seiner Stimme schwang Gram darüber mit, dass die Dummheit unter den Menschen so unfassbar groß war. „Der blöde Bürgermeister! Erst haben ihn die Guten gedrängelt, damit er hinstürzt. Er hat noch versucht zurückzutreten, ist dann aber doch lieber abgehauen."

Mich erfüllte in dieser Stunde eine warme Dankbarkeit gegenüber allen Arabern, die im Kampf gegen ihre Unterdrücker stehen. Die Fackel der Freiheit, die sie in den Händen halten, scheint bis in unsere Wohnstube hinein. Mögen ihre Söhne so zahlreich sein wie die Sandkörner der Wüste! Und ihre Töchter auch!

WIR KLEINBÜRGER

Wir hatten da eine Diskussion, mein Nachbar und ich. Auf dem Spielplatz. Mein Nachbar hat damals sein Studium der Sozialwissenschaften nach 14 Semestern geschmissen. Kurz vor der Zwischenprüfung. Dann hat er eine Zeit lang Oliven verkauft auf Ibiza, und heute jobbt er mal hier, mal da. Ich hingegen habe gedient, und meinem Rasen sieht man an, dass er oft gemäht wird. So viel vorab.

Als wir nun auf der Spielplatzbank nebeneinander zu sitzen kamen und über Berufliches plauderten, sagte ich ganz allgemein zu ihm, dass ich Leute nicht mag, die es im Leben zu etwas bringen, ohne etwas zu leisten. Und er schimpfte mich einen Kleinbürger. Mir macht das nichts. Ich bin stolz auf meine Kleinbürgerexistenz. Wir Kleinbürger ernähren unsere coolen Kritiker in aller Regel ganz gut. Sie leben auf unsere Kosten. Kleinbürgertum makes the world go 'round. So dachte ich und sah zu unseren Kindern hinüber. Meine Erstgeborene schaukelte auf der Schaukel, mein Mittelkind wippte auf der Wippe, und das Nesthäkchen stand vor dem Klettergerüst, an dem der Sohn des Nachbarn hing. Er ist fünf Jahre alt, aus Sicht meiner Tochter also ein Greis, und er tat, was Jungen schon als Fünfjährige tun, wenn Mädchen dabei sind. Er kletterte für die Galerie. Hoch und runter, kopfüber und einhändig, auf und ab. Ein hart trainierender Akrobat. Ein Leistungsträger.

„Lasss miss auch mal, isse kann das viel bessser alss du", zischte das Nesthäkchen ihn plötzlich so selbstbewusst an, dass er anstandslos beiseitetrat. Es setzte den rechten Fuß auf die unterste Sprosse und zog den linken nach. Dann stieg es wieder ab. Das war's. „Na?!", sagte es mit höhnischem Stolz. „Du kannst das gar nicht besser!", rief er empört. Es stand direkt vor ihm und sah zu ihm auf. Er überragte es fast um Haupteslänge. „Aber isse bin größer alss du!", behauptete es biestig.

Er schüttelte fassungslos den Kopf, überrumpelt von der Dreistigkeit dieser offensichtlichen Lüge. Mehrfach holte er Luft, sagte aber nichts. Die Behauptung meiner Tochter war so unbestreitbar falsch, dass er nicht wusste, wie er sie widerlegen sollte. Dann ging er fort. Das Klettergerüst gehörte ihr. Manchmal, dachte ich mild, verlieren die Besten vielleicht doch ganz zu Recht, und die Dreistigkeit siegt. Unwillkürlich fiel mir ein, dass auch Hunnenkönig Attila in seiner Familie das Nesthäkchen gewesen sein soll. Ein Kleinbürger allerdings war er nicht.

POLITBAROMETER

Ich deckte gerade den Küchentisch, als das Schicksal mit hartem Knöchel an unsere Tür pochte. Genauer gesagt: Das Telefon klingelte. Meine drei Töchter kämpften schon miteinander um ihre Lieblingssitzplätze, als meine Frau zum Hörer griff. „Ah, Politbarometer? Aber natürlich habe ich Zeit für eine Umfrage", flötete sie und strich sich kokett die Haare aus dem Gesicht.

Nun muss man wissen, dass das Mittagessen bei uns eine eher von Hektik geprägte Phase des Tages ist. Meine Erstgeborene eröffnete das Tischgespräch. „Ich esse heute nur Ketchup, ohne alles!", rief sie, als sie meinen Nudelauflauf sah. Meine Frau lehnte derweil entspannt am Kühlschrank. Immer abwechselnd sagte sie „CDU" und „SPD", und manchmal kicherte sie. Ich wusste, dass der Anrufer ein junger Mann mit charmanter Samtstimme sein musste.

Der Ketchupstreit war voll entbrannt, da meldete sich mein Mittelkind. Es verlangte nach einem Glas. Alle hätten ein Glas, nur es wieder nicht, das sei total ungerecht, und nein, Durst habe es eigentlich nicht, aber wenn alle ein Glas hätten, wollte es auch eins. Das Nesthäkchen hingegen hatte ein Glas, und es bestand darauf, sich den klebrigen Apfelsaft allein („Isse habe gesagt elleine! Elleine! Elleiiine!") einzuschenken. Erst zum Aufwischen war ich dann wieder gefragt. Ich schaute Hilfe suchend zu meiner Frau hinüber, doch sie äußerte sich gerade zu Eurobonds und Fiskalpakt.

Noch ehe ich ihren Blick auf mich ziehen konnte, war eine Portion Nudelauflauf zu Boden gefallen. Kriechend kehrte ich die Brocken auf, da meckerte die Erstgeborene, dass sie ruhig noch länger hätte spielen können, wenn es jetzt ja doch noch nichts zu essen gebe. Meine Frau wickelte sich derweil eine Haarsträhne um den Finger und verfügte, dass Griechenland in der Euro-Zone bleiben dürfe.

Ich stand seelisch am Rande der Kernschmelze. „Früher war es so, dass die Frauen das Essen machten und die Männer über Politik sprachen", bemerkte ich sachlich zutreffend. Das Mittelkind sah mich mitleidig an. „Dabei müssten sich doch auch heute die Männer um Politik kümmern", sagte es. „Die wollen ja schließlich auch mitbestimmen, wer Bundeskanzlerin wird."

FUCHSTEUFEL

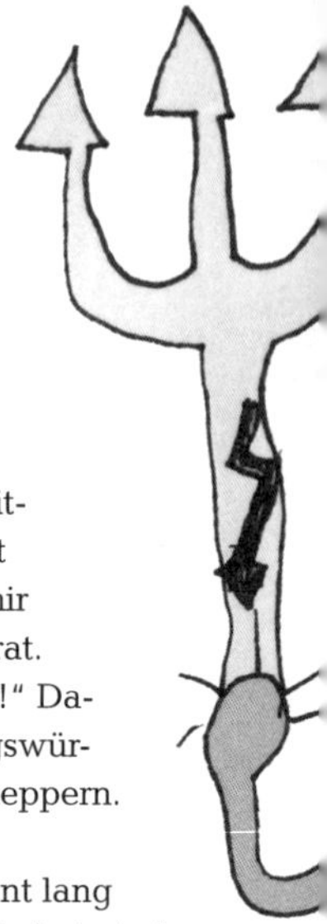

Meine Heimkehr ist immer voller Unwägbarkeiten. Wenn man wie ich drei Töchter hat, ist die eigene Haustür wie eine Wundertüte. Man weiß nie, was einen beim Öffnen erwartet. Diesmal aber hörte ich den Lärm schon auf der Straße. Sie stritten sich. Im Haus drückte die Erstgeborene die Küchentür mit großem Körpereinsatz zu. „Geh da bloß nicht rein!“, rief sie mir warnend zu, während jemand von innen laut gegen die Tür trat. Das Mittelkind nickte heftig: „Sie ist wild wie ein Fuchsteufel!“ Damit meinte sie das Nesthäkchen, das in der Küche erbarmungswürdig schrie. Dann hörte ich dort einen Kochtopf auf Fliesen scheppern.

„Du meinst wohl ‚fuchsteufelswild‘“, sagte ich. Einen Moment lang überlegte ich, ob so ein Fuchsteufel wohl eher in der Zoologie heimisch wäre oder in der Theologie. Vermutlich in der Theologie, wo niemand seine Existenz widerlegen konnte. Dann schob ich die Mädchen zur Seite und betrat mutig die Küche. Das Nesthäkchen trommelte kreischend mit den Fäusten auf die Erde. Es verdrehte die Augen und zuckte am ganzen Leib. Es gibt Filme, in denen solche Kinder dann den Kopf um 360 Grad drehen, rostige Nägel ausspucken und Sätze wie „Ich bin Asmodäus!“ sagen, und zwar auf Kirchenlatein und rückwärts.

„Was ist denn los?“, fragte ich in bewährtem Deeskalationstonfall. „Lass! Mich!“, keifte das Nesthäkchen und schlug ein wenig um sich. „Alle ärgern mich“, schluchzte es dann. „Diese blöden und doofen Zicken haben mir meine Deutschland-Sammelbilder geklaut, und dann wollte ich sie zurück, und dann haben sie gesagt, ich bin ein Baby, und nur weil ich sie dann hauen musste, haben sie gesagt, ich bin außerdem ein Fuchsteufel!“ Da war er wieder, unser luziferischer Freund.

Ich blickte scharf zur Tür. Da standen die zwei. Schuldbewusst ließ das Mittelkind aus sicherer Deckung die Sammelbilder über die Fliesen zu uns schlittern. „Fuchsteufel gibt's doch gar nicht“, sagte ich und hob das Nesthäkchen auf. „Genau!“, sagte es trotzig. „Und wer's sagt, der isses nämlich selber, nänänä!“ Mit diesem Formelkompromiss kehrten wieder Friede und Eintracht unter unserem Dach ein. Jedenfalls fürs Erste. Aber man soll ja den Fuchsteufel nicht an die Wand malen.

DIE KAFFEEMASCHINE

Über Jahre hinweg gab es bei uns ein einziges Küchengerät, bei dessen Bedienung ich mehr Routine hatte als jedes andere Familienmitglied: meine Kaffeemaschine. Sie war ein Relikt aus Studententagen. Etwas angejahrt schon. Aber blind konnte ich ihr Zischen und Blubbern deuten. Wenn wir zusammen Kaffee kochten, sie und ich, verschmolzen wir zu einer Einheit aus Mensch und Maschine. Daher war ich drei Tage lang untröstlich, als ihre Glaskanne jüngst einem Akt häuslicher Gewalt zum Opfer fiel. Ich kam nach Hause, und sie war hin. Ein Scherbenhaufen auf dem Küchenboden. Ein Bild des Grauens. Meine drei Töchter schweigen bis heute eisern zum Tathergang. Und ich ging missmutig ins Elektrogeschäft.

„Kaffeemaschine? Sie meinen einen Vollautomaten? Mit Milchschaumbereiter? Und Espressoextraktion in der Brühgruppe?", fragte der beflissene Verkäufer. „Nein, eine Kaffeemaschine", sagte ich übellaunig. Und weil ich wusste, dass er mir gleich etwas von Spezialitäten wie„Matte Lockaccino" oder so erzählen würde, zeigte ich ihm gleich, wo's langging: „Ich trinke Kaffee, der Kaffee ist." Gleichwohl erfuhr ich an diesem Tag viel über die Phasen des Brühvorgangs. Ich erfuhr, dass es digitale Kaffeemaschinen gibt, teils auch mit Mahlwerk, und dass diese mitunter eine „Pro-Aroma-Funktion" haben. Ich erfuhr viel über Schwenkfilter und Wasserstandsanzeigen, über Abschaltautomatik und Tropfstopp. Es ist mir ein Rätsel, warum unsere Bildungsgesellschaft noch nicht längst einen achtsemestrigen Studiengang für Kaffeemaschinenbau hervorgebracht hat.

Ich suchte schließlich eine Maschine aus, die meiner alten möglichst ähnlich sah. Dann bezahlte ich 39,90 Euro und ging heim. Erwartungsvoll schlug ich die Gebrauchsanleitung auf. „Bereiten Sie keinen Kaffee zu, wenn die Kanne bereits Kaffee enthält", las ich dort. Und endlich fühlte ich mich von der Brühautomatenindustrie richtig ernst genommen. Auch und gerade als Laie.

JENSEITS VON DEMERODE

Menschen brauchen eine Aufgabe. Etwas, das sie beschäftigt. Etwas, das ihrem Leben Sinn gibt und ihrem Ego Bestätigung. Eine Anstrengung für Geist und Körper. Das gilt besonders für junge Menschen. Wie wertvoll die allgemeine Schulpflicht ist, können unzählige Familien erst in den Ferien so recht ermessen. Denn wenn junge Leute ohne Aufgabe bleiben, stellen sich schnell die ersten Anzeichen sozialer Zersetzung ein. Langeweile, Faulenzerei und Müßiggang sind dann die ersten Schritte in Chaos und Verderben.

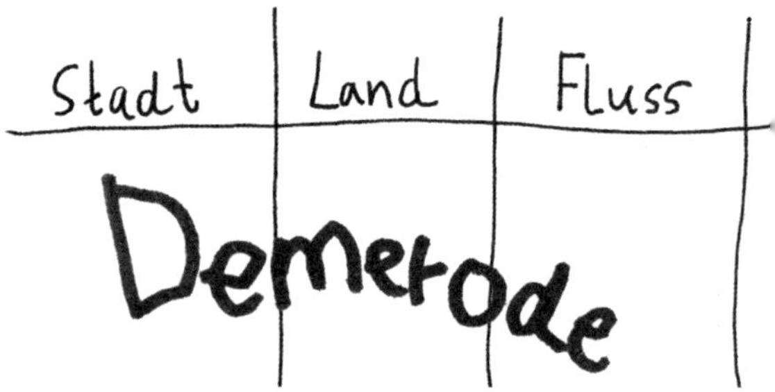

Wir saßen daheim, die Bäuche voller Schokoeier. Meine drei Töchter schlugen die Ferienzeit tot, so gut es eben ging. Sie spielten Stadt-Land-Fluss. „Düsseldorf“, sagte die Erstgeborene. „Dortmund“, sagte die Mittlere. „Demerode“, sagte die Jüngste. In diesem Moment wusste ich, dass es Streit geben würde. „Demerode gibt es gar nicht“, sagte die Erstgeborene. „Woll gibt's das, du Suppenhuhn!“, konterte ihre kleine Schwester, „meine Freundin Luise wohnt da nämlich, nänänä!“ „Die wohnt in Bemerode, du olle Zicke! Mit ‚Beh‘ wie Blödkopp!“

Bevor es zu einem Blutvergießen kam, griff ich ein, mit einer kleinen Notlüge um des familiären Friedens willen. „Demerode gibt es auch“, behauptete ich. „Das liegt in Amerika, zwischen New York und San Francisco.“ Die Großen schauten misstrauisch, doch zähneknirschend akzeptierten sie, dass es für „Demerode“ in diesem Spiel Punkte gab. Dann machten sie weiter, mit dem Ländervergleich. „Deutschland“, sagte die Erstgeborene. „Dänemark“, sagte die Mittlere. „Dengland“, sagte die Jüngste. Ich aber zählte im Geiste die Tage bis zum Schulbeginn. Nur noch fünfmal schlafen!

DIE KRÄHEN, DER ADLER UND ICH

Früher bin ich ab und an gern mal joggen gegangen. Meine Frau sagt, das habe ich nur deshalb getan, weil ich als Mannschaftssportler ein Totalausfall bin. Ich aber sage: Die Krähe fliegt im Schwarm, der Adler fliegt allein. Nachdem ich meine Läuferkarriere aus persönlichen Gründen einige Jahre lang hatte schleifen lassen, beschloss ich unlängst, wieder einzusteigen. Aus gegebenem Anlass. Ich meldete mich zum 6,5-Kilometer-Volkslauf an. Meine Frau und meine drei Töchter ließ ich zum Jubeln auf halber Strecke Aufstellung nehmen.

Der Startschuss fiel, ich trabte an. Winkend grüßte ich einige Nachbarn unter den Zuschauern. Ich bin da durchaus volksnah. Mit großer Gelassenheit ließ ich ein paar hektische Sprinter an mir vorbeiziehen. Erst nach weit über 200 Metern bekam ich Seitenstechen. Blanke Vernunft zwang mich, das Tempo zu reduzieren. Doch dann nahten die drei von hinten.

Ein Trio rüstiger Hausfrauen holte mich ein, alle Mitte 60 und von geselligem Äußeren. „Ich will mich nicht verausgaben – lasst uns doch neben dem Typen in Blau laufen", sagte die eine. Ich sah an mir herunter. Der Typ in Blau – das war ich. Von jetzt an gaben die drei das Tempo vor. Bald schnappte ich bei jedem Schritt nach Luft. Doch langsamer zu laufen kam nicht infrage; ein Sportsmann deklassiert sich da nicht.

Die drei Damen unterhielten sich entspannt über Krankheiten. Nach zwei Kilometern bemerkte ich, dass eine von ihnen ihren Pudel auf dem Arm trug. Ich hustete unauffällig ein paar Lungenbläschen aus. Die Zweite von ihnen lief unterdessen immer mal ein paar Schritte rückwärts, um die anderen besser im Blick zu haben, während sie Kochrezepte austauschten. Es war so demütigend!

Als wir an meiner Frau und den Töchtern vorbeikamen, jubelten diese wie befohlen, doch sie sahen mich zugleich besorgt an. Endlich erlöste mich der Zieleinlauf. „War doch nett, wir sollten öfter mal zusammen joggen", sagten die drei Damen zu mir. „Klar doch", antwortete ich zwischen zwei Atemzügen. Aber ich werde mich da nicht bezirzen lassen. Wie gesagt: Die Krähe fliegt im Schwarm. Ich aber bin zum Adler geboren.

GESUNDHEIT!

Die Meinungen über meinen Gesundheitszustand sind geteilt. Ich selbst fürchte, dass diese Zeilen mein Vermächtnis an die Nachwelt sein werden. Meine Frau meint, ich sollte mich wegen meines Schnupfens nicht so anstellen, und überhaupt seien Männer ja so was von wehleidig. Als ich gestern Abend überlegte, noch einmal die letzten mir verbliebenen Kräfte zu mobilisieren und auf den Balkon hinauszutreten, um mit schon getrübten Augen einen Trost spendenden Blick auf der Blüten Farbenpracht zu erhaschen, teilte sie mich am Telefon für den Umzug von Nachbarn am Sonnabend ein: „Klar kommt er, und Waschmaschinen sind seine Spezialität."

Nur gut, dass die Solidargemeinschaft der gesetzlich Krankenversicherten von qualifizierten Doktoren betreut wird. „Wahnsinn, dass Sie es noch auf eigenen Füßen bis in meine Praxis geschafft haben", sagte mir tags darauf mein Arzt. Gut, er sagte es nicht mit Worten, aber ich konnte es in seinem Blick lesen. Und unter Männern, die um das Leid in der Welt wissen, braucht es nicht viele Worte. Dann sagte er noch etwas Richtiges, als ich mein benutztes Taschentuch in seinen Papierkorb werfen wollte: „Klinischen Sondermüll bitte in den Container dort hinten." Wäre da nicht die Seuchengefahr – ich hätte ihn umarmen können.

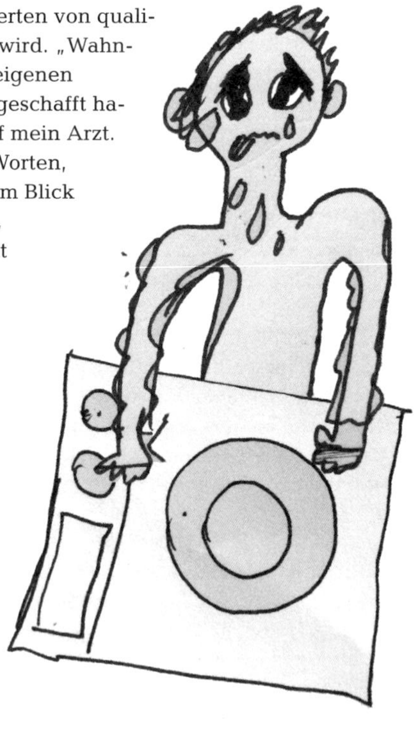

JAGDFIEBER

Sie sind zwar besonders zahlreich in diesem Jahr, und es gibt keine Terrasse, auf der das nicht längst wortreich beklagt worden wäre. Aber denken wir positiv: Sie kommen mir auch besonders träge vor in diesem Sommer. Dümmer als sonst. Und leichter zu erschlagen. Ich finde, das Töten von Mücken ist prinzipiell Notwehr. Darum habe ich daheim auch Kopfprämien ausgelobt. Für jede erschlagene Mücke zahle ich meinen drei Töchtern zehn Cent. Als guter Vater weiß ich, dass das auch eine Investition in ihre Zukunft ist. So eine Mückenjagd hebt Konzentrationsvermögen, Ausdauer und Geschäftssinn.

Seit die drei aufs schnelle Geld sinnen, herrscht außerdem Ruhe in unserer Küche. Angespannt lauern sie auf jedes Sirren. Mit rollenden Augen versuchen sie, Tiefflieger im Gegenlicht auszumachen. Nur gelegentlich hört man ein Händeklatschen. Und selten bricht jemand das Schweigen. Wie das Mittelkind, als es auf ein echtes Defizit im Schöpfungsplan hinwies. „Ich möchte wirklich mal wissen, wozu Gott die Mücken erschaffen hat", murmelte es, während es regungslos des nächsten Insekts harrte.

„Na, als Vogelfutter", sagte die Erstgeborene mit jener Selbstgewissheit, die Naturkundler beim Blick auf metaphysische Fragen meist an den Tag legen. Das Mittelkind klatschte in die Hände, öffnete sie wieder und nahm den Fehlschlag mit Gleichmut hin: „Quatsch, Vogelfutter hätte er doch in jedem Laden gekriegt." Damit stand die große Frage nach der Mücke und dem Warum wieder im Raum. „Wenn ich mal tot bin, geh' ich gleich hin zu Gott und frag' ihn", sagte das Nesthäkchen pragmatisch. Dann blickte es zu mir. „Dir wird er's dann ja schon lange erzählt haben", sagte es fast etwas neidisch.

Es hat ja recht. Irgendwann teile auch ich das Los der Mücken: Mich rafft's dahin, doch meine Brut überdauert mich. Immerhin: Die Lebenserwartung steigt. Jedes zweite Neugeborene wird hundert Jahre alt, stand in der Zeitung. Mir wurde warm ums Herz beim Gedanken, dass sich Anfang des 22. Jahrhunderts drei ältere Damen an meinem Geburtstag versammeln könnten. Dankbar würden sie sich ihrer glücklichen Kindheit erinnern und im Gedenken an ihren grundgütigen Vater eine Kerze anzünden. Ich aber werde dann wohl daheim sitzen und die Mücken selbst fangen müssen.

JUNGBRUNNEN

Wer wirklich wissen will, wie alt er ist, soll sich seine Schulfreunde von einst ansehen, heißt es. Für viele fällt so ein Blick dann ziemlich desillusionierend aus, weil man sich meist viel jünger fühlt, als die anderen aussehen. Es gibt aber auch ein Gegenmittel. Ich weiß das, weil ich kürzlich mit der Bahn gefahren bin. Und weil ich dort IHR begegnet bin. Meiner alten Mathelehrerin.

Etwas zusammengesunken saß sie da, mit Strickmütze und Einkaufstaschen. Älter geworden war sie. Noch älter, als sie ohnehin schon immer war. Aber sie hatte nichts von dieser sprungbereiten Angriffslust verloren, die ihr schon damals aus den Augen geschaut hatte.

Meine Nackenhaare stellten sich auf. Vermutlich war sie zeitlebens eine herzensgute Person gewesen. Doch ich erinnerte mich nur schaudernd daran, wie sie bei Klassenarbeiten jedem Abschreibversuch konsequent entgegentrat. Wie sie sich jede vergessene Hausaufgabe mit grimmigem Blick notierte. Und wie sie zielsicher immer den aufrief, der gerade am wenigsten wusste. Meist war das ich. Sie ließ mich dann lange stottern und schaute mich in der sicheren Erwartung an, dass so ein Versager wie ich in spätestens fünf, sechs Jahren auf die Ruine seines Lebens zurückblicken und sich bittere Vorwürfe machen würde, weil er die Bedeutung der Mathematik zu spät erkannt hatte. Dass sich zwischen Mathe und mir nie eine Liebesbeziehung entwickelte, lag in Wirklichkeit aber auch daran, dass sie als Kupplerin so kläglich versagte.

In der Bahn war ich froh, dass mein Vollbart mir inzwischen eine gewisse Tarnung bot. Dennoch verbarg ich mein Gesicht schnell noch hinterm Jackenkragen. Um auszusteigen, hätte ich eigentlich an ihr vorbeigehen müssen. Ich hatte aber Angst, sie könnte aufspringen, mich am Ohr packen und nicht eher von mir lassen, bis ich alle binomischen Formeln fehlerfrei aufgesagt hätte. Vorsichtig ging ich also rückwärts. Ich stieg aus, eine Station früher als geplant, und atmete tief durch, als sich endlich die Türen hinter mir schlossen. Noch lange fühlte ich mich sehr klein an diesem Tag. Und 30 Jahre jünger. Eins weiß ich seither: Wer wirklich wissen will, wie alt er ist, muss nur mal häufiger mit der Bahn fahren.

DIE SKLAVEN DES SCHICKSALS

Mit Kindern gerät eine lange Autofahrt rasch zu einer Reise ins Herz der Finsternis. Besonders, wenn die Sonne erbarmungslos auf die Heckscheibe brennt und die „Bibi und Tina"-CD schon mehrfach durchgelaufen ist.

Wir standen kurz vor Würzburg im Stau. Die Gesichtsfarbe meiner drei Töchter auf dem Rücksitz war Rot, das Mineralwasser lauwarm, die Stimmung auf der Kippe. Die Erstgeborene hatte sich unter ihren Kopfhörer verzogen. Da sprach das Mittelkind mit ausgesuchter Höflichkeit das Nesthäkchen an: „Würde es dir etwas ausmachen, deine Füße von meinem Sitz zu nehmen?" Sein säuselnder Tonfall signalisierte, dass es auf keinen Fall als Schuldiger an einem Streit unter Schwestern dastehen wollte. Doch er signalisierte zugleich, dass es diesen Streit unweigerlich geben würde.

„Das ist meine Hälfte, und mit meinen Füßen kann ich machen, was! ich! will!", bockte das Nesthäkchen. Die Erstgeborene drehte ihren MP3-Player lauter und rollte mit den Augen. Ich wusste: Wie in einer griechischen Tragödie trieben wir unausweichlich aufs Unheil zu, und jeder Versuch, dies zu verhindern, würde die Katastrophe nur umso schneller herbeiführen. Dennoch griff ich ein. „Du nimmst sofort den Fuß runter", sagte ich zum Nesthäkchen. Dann sah ich das Mittelkind scharf an. „Und keiner zickt jetzt rum", sagte ich so deeskalierend wie ein TV-Kommissar, der zum Geiselnehmer sagt: „Okay, wir wollen hier doch alle lebend rauskommen."

„Misch du dich nicht ein", kanzelte mich das Nesthäkchen jetzt giftig ab. Zu meiner Überraschung sprang ihm das Mittelkind bei. „Ehrlich, immer willst du alles besser wissen", schnauzte es in meine Richtung. Sogar die Erstgeborene lüftete kurz den Kopfhörer. „Lass uns doch einfach mal in Ruhe", sagte sie genervt. Dann entspann sich auf dem Rücksitz ein längeres Gespräch über Erziehungsfragen und darüber, was Eltern eigentlich zu guten Eltern macht. Ich kam eher schlecht dabei weg. Ich war plötzlich das verbindende Feindbild.

Dennoch war ich zufrieden. Es war mir gelungen, Frieden unter meinen Töchtern zu stiften. Und so hatte ich einmal mehr bewiesen, dass wir keine willenlosen Sklaven des Schicksals sind.

BRIEFE IN DER BETTBRINGZEIT

Mutter Nacht senkte ihr schwarzes Samtkissen über Laatzen, und in unserem Haus begann die Bettbringzeit. Das ist bei uns ein Bündel aus komplizierten Ritualen, die sich vom Zahnputzstreit übers Vorlesen bis zum Beten oft über Stunden hinziehen können. Und es ist eine heikle Angelegenheit, denn für meine drei Töchter ist das abendliche Wachsein ein Wert an sich.

Ich spähte durch die Türen in die Zimmer der beiden Jüngeren. Beide lagen bereits in den Betten. Beide stützten bäuchlings den Kopf in die Hand, die Zunge hatten sie in den Mundwinkel geschoben. Und beide schrieben. „Ich bin gleich fertig!“, rief die Ältere ins Zimmer der Jüngeren hinüber. „Ich auch“, antwortete diese.

„Was macht ihr denn da?“, fragte ich verwundert. „Wir schreiben uns Briefe“, antworteten beide gleichzeitig.

Briefe! Ältere Menschen erinnern sich noch daran, was das war. Und mich durchströmte ein loderndes Glück. Da feierte eine längst totgesagte literarische Gattung ausgerechnet in meinem Hause ihre Wiederauferstehung. Ich dachte an Goethes „Werther“. An Paulus und die Korinther. An Leibniz und den Rest der Welt. Und daran, dass jemand, der einen Brief schreibt, ja immer auch ein Stück Seele in seine Zeilen legt.

„Bring mal nach drüben!“, befahl mir die Jüngere, wobei sie ihr Schreiben in der Mitte faltete und mir in die Hand drückte. „Der Briefträger kommt!“, rief sie dann zu ihrer Schwester hinüber. Sie hatten mich zu ihrem Postboten gemacht, aber ich duldete es frohgemut.

Auf dem Flur konnte ich der Versuchung nicht widerstehen. Ich brach das Postgeheimnis und lugte in das Billett. „Mir gehtes guht wi gehtes dia“, stand da. In diesem Moment piepte es in meiner Tasche, ich bekam eine SMS. Die Erstgeborene hatte sie aus dem Nachbarraum geschickt. „Is gerade wer inner Küche und kann mir mal 1 Vanilleyoghurt ans Bett bringen?!“, stand da.

Die Wirklichkeit hatte mich wieder.

DIE STILLE IST TOT, ES LEBE DER LÄRM

Anfangs hat die Ruhe noch etwas Wohltuendes. Wo sie einkehrt, legt sie sich wie Sternenstaub über Haus und Seele. Aber dann merkt man ganz schnell, wie zäh und klebrig dieser Sternenstaub ist. Ich weiß, wovon ich rede. Weil ich nämlich allein zu Hause bin.

Mitleid brauche ich nicht. Schließlich hatte ich selbst innerlich ein Feuerwerk abgebrannt, als meine Frau mir verkündete, sie würde für ein paar Tage mit allen Kindern nach Köln fahren. Bei uns herrscht nämlich permanent ein gewisser Geräuschpegel, und über allem familiären Tun liegt eine Hektik wie damals beim Stapellauf der Arche Noah.

Mit dem Taschentuch winkte ich ihnen nach, als sie vom Hof fuhren. Vor mir lagen vier Tage ohne schreiendes Nesthäkchen, ohne meckerndes Mittelkind, ohne zeternde Erstgeborene. Nicht einmal meine Frau würde da sein, um mir liebevoll Aufgaben in Haus und Garten zuzuweisen. Ich fühlte mich frei. Vor mir lagen vier Tage hemmungsloser Selbstverwirklichung.

Am Abend trank ich viel Rotwein. Ich legte die Füße beim Fernsehen auf den Tisch, telefonierte mit alten Kumpels und aß ungeniert eine große Menge Süßigkeiten. In aller Öffentlichkeit. Sofern man eine leere Küche als Öffentlichkeit bezeichnen kann.

Irgendwann hörte ich das Ticken der Wanduhr, das ich schon lange nicht mehr gehört hatte. Ich beschloss, etwas Sinnvolles zu tun. Ich stellte ein Dutzend Kinderschuhe, die kreuz und quer im Flur lagen, in Reih und Glied an der Wand auf, stemmte die Hände in die Hüften und sagte triumphal: „So!"

Dann tickte die Uhr wieder.

Mystiker sagen, dass aus der Stille Gott spricht. Zu mir aber sagte er nichts. Ich hatte Stille in Hülle und Fülle, und mir war vor allem langweilig. Schließlich griff ich ein Blatt Papier, pinnte es an die Haustür und malte in Schönschrift „Herzlich willkommen!" darauf. Weil meine Sippe ja in drei Tagen und acht Stunden wieder da ist. „Es gibt vielerlei Lärm, aber es gibt nur eine Stille", hat Tucholsky gesagt. Recht hat er. Lärm bietet einfach mehr Abwechslung.

BEIM EINKAUFEN

Mein schönstes Ferienerlebnis hatte ich, als meine Frau mich zum Einkaufen schickte. Im Rahmen der familieninternen Arbeitsteilung bin ich nicht oft mit Einkaufen dran. Eigentlich sogar fast so gut wie praktisch sozusagen nie. Es war wohl meiner Unerfahrenheit geschuldet, dass ich mit meinen drei Töchtern mitten in einer bayerischen Kleinstadt in diesem schummerigen Laden landete.

In vollgepackten Regalen standen tibetische Klangschalen und Räucherstäbchen neben Tarotkarten und Fläschchen mit Stutenmilch. Meine Erstgeborene schnüffelte bald am „Hexen-Tee", das Mittelkind blätterte im „Handbuch übersinnlicher Wahrnehmung" und das Nesthäkchen lauschte gregorianischen Walgesängen. In diesem Esoterikshop gab es alles zu Chakren, Schutzengeln und Schamanen. Mir schwante schnell, dass es in so einer Hochburg des tantrischen Bewusstseins mit den 500 Gramm Rindermett wohl nichts werden würde.

Dann fiel mein Blick auf einen Wasserkrug, in dem lauter kleine Steine lagen. Sie verkauften hier Tüten mit Steinchen, „um aus Leitungswasser Edelsteinwasser zu machen", wie ich las. Heilwasser. „Haut, Schuppenflechte, Allergien, positive Lebenseinstellung, Ängste" stand auf einer Steinpackung. In diesem Moment trat ein stark übergewichtiger Mann mit schütterem Langhaar und einem Amulett auf der Brust sehr nah an mich heran: „Kann ich dir helfen?" Ich hatte Zeit. „Das Steinwasser – wirkt das auch bei Durchfall?", fragte ich. In seinem Gesicht spiegelte sich ein Gewissenskonflikt. Es galt abzuwägen zwischen der Wahrheit und einem Umsatz von 5,95 Euro. Schließlich siegte der gesunde Geschäftssinn. „Ja", sagte er knapp. Ich musste nachlegen: „Auch bei Hunden?"

Für ihn führte jetzt kein Weg mehr zurück. Er errötete zwar, aber mit fester Stimme erklärte er: „Äh, ja, das ist … auch bei Hunden." „Prima", sagte ich. „Der Tierarzt meint nämlich, unser Dackel hätte es an der Darmschleimhaut." Der Dicke schluckte. Er sah aus, als würde er einen Notausgang zurück auf den Pfad der Tugend suchen. „Also, mit Dackeln speziell kenne ich mich nicht aus", gestand er dann. Ich ließ die Steine stehen und kaufte jeder Tochter ein Bund Räucherstäbchen. Auch als Dank für ihr Schweigen. Wir haben nämlich gar keinen Dackel.

IN DER FALLE

Die Erkenntnis kam schleichend, und es war das blanke Grauen: Wir waren nicht allein im Haus! Als in jener Nacht das Scharren begann, redete ich mir zuerst noch ein, es käme von draußen, aus dem Garten. Als es dann dumpf polterte, zog ich die Bettdecke höher. Doch als ich schließlich die Schritte auf dem Dachboden hörte, stand ich mutig auf, um mich den Eindringlingen – zweifelsohne osteuropäische Diebesbanden, bis an die Zähne bewaffnet – in den Weg zu stellen. Unter Zuhilfenahme eines holländischen Holzschuhs. Obwohl ich niemanden auf dem Dachboden fand, polterte es bald weiter. Da herrschte Gewissheit. Wir hatten einen ungebetenen Untermieter. Einen Marder.

Nun habe ich im Grunde nichts gegen Tiere. Ich habe geschwiegen, als die Taube meinen Parkplatz als Exkrementierfeld entdeckte. Ich habe geschwiegen, als mir der Maulwurf den Vorgarten verwüstete, mit Hügeln, hoch wie der Harz. Ich bin da eine Seele von Mensch. Aber Hausfriedensbruch ging eindeutig zu weit. Für experimentelle Formen des gattungsübergreifenden Zusammenlebens stehe ich nicht zur Verfügung.

Also lieh ich mir beim Weidmann meines Vertrauens eine Lebendfalle für Marder aus, die ich mit Rosinen als Köder bestückte. Mein Jagdtrieb war geweckt. Ich malte mir aus, wie ich die gefangene Bestie triumphierend im Wald aussetzen würde. Ich würde ihn verhöhnen dafür, dass er der menschlichen Intelligenz unterlegen war, während er sich geschlagen auf den nächsten Baum trollte, dieser Zweitplatzierte der Evolution. Voller Vorfreude stellte ich die Falle auf.

Seither herrscht Ruhe.

Jeden Morgen inspiziere ich die Falle, erneuere den Köder – doch es sieht so aus, als wäre er fort. Er glaubt wohl, dass er so davonkommt. Aber nicht mit mir! Heute bestücke ich die Falle mit Käsehäppchen und Milchschälchen. Ich werde großflächig Zuckeräpfelchen und frische Geflügelscheibchen auf dem Speicher auslegen. Ich werde Kübel voll Carpaccio und Coq au Vin bereitstellen, Marzipanbrot und literweise Rotwein, um alle Marder aus dem weiteren Umland an meiner Hauswand emporklettern zu sehen. Und wenn ihr dann drin seid, ihr Otterngezücht, dann zieht euch warm an. Denn dann fliegt ihr achtkantig raus!

HEXENSCHUSS

Oft habe ich mich gefragt, welche Art von Niedertracht wohl die verwerflichste ist unter der Sonne. Der Neid? Die Gier? Die Missgunst? Im Urlaub bin ich der Antwort jetzt ein Stück näher gekommen. Die übelste Art von Niedertracht ist die Schadenfreude. Ich weiß das, weil ich ein guter Deutscher bin. Für einen wie mich ist es nichts, im Urlaub faul am Strand zu liegen und nutzlos CO_2 auszustoßen. Ich bin ein Sandburgenbauer. Wir Sandburgenbauer sind fleißig, kreativ und signalisieren Wehrhaftigkeit. Und so schaufelte ich. Bis mich zwischen zwei engagierten Schippenwürfen ein stechender Schmerz niederstreckte. Ich lag im Sand von Fehmarn. Ein Bild des Elends. Der erste Hexenschuss meines Lebens.

Für meine drei Töchter indes war das Schauspiel, das ich bot, ein Quell heller Freude. „Och, guckt mal, ein echter Seehund", ulkte die Erstgeborene, als ich mich stöhnend über den Strand zum Badetuch vorrobbte. Anstatt dem alten Vater aufzuhelfen, hatte auch das Mittelkind nur Spott bereit. „Wie Frau Kaludrigkeit", kicherte es, als ich zum Auto humpelte. Frau Kaludrigkeit, muss man wissen, ist eine bildhübsche 89-jährige Dame aus der Nachbarschaft. Mein Nesthäkchen äffte mich gar nach, als ich die Stufen zum örtlichen Krankenhaus erklomm. „Sso sslimme Ssmerzen", ächzte es und drückte sich beim Hinken die rechte Hand in den Rücken, zur Freude seiner Schwestern.

Tapfer will ich schweigen von den Details meines Martyriums. Ich schweige davon, dass der übellaunige Arzt mir drei Spritzen gab, von denen mir noch im Behandlungszimmer schlecht wurde. Ich schweige davon, dass mir eine dicke Krankenschwester wieder auf die Beine helfen musste und dass ich den Rest des Urlaubs gebeugt von Gram und Schmerz hinter mich brachte. Nur so viel: Härter als das schmachvolle Scheitern beim Burgenbau und die körperliche Qual trafen mich das falsche Mitleid und der Hohn meiner Mitmenschen. Nächstes Jahr will ich jetzt dorthin, wo man nicht negativ auffällt, wenn man träge am Strand liegt. Vielleicht in den Süden.
Das Land der Griechen mit dem Lendenwirbel suchen.

DIE FLIEGEN

Natürlich war es pädagogisch fragwürdig. Aber die Zustände in unserer Küche waren untragbar geworden. Wahrscheinlich war irgendein Ökosystem gekippt; die sind ja heute viel empfindlicher als früher. Oder ich hatte einfach nur den Müll nicht rechtzeitig rausgebracht. Jedenfalls brummte ein halbes Dutzend Fliegen durch den Raum. Ich sah mich gezwungen, Kopfprämien auszusetzen. „Wer eine Fliege mit der Hand erwischt", sagte ich zu meinen drei Töchtern, „kriegt von mir zehn Cent!" Einen ganzen Groschen also.

Doch die Reaktionen waren verhalten. „Fliegen wollen doch auch leben!", sagte meine Erstgeborene und setzte ein ethisch hochwertiges Mahatma-Gandhi-Gesicht auf. Ich war mir sicher, dass ihr Humanismus vor allem aus Trägheit geboren war. „Die kriegt man mit der Hand ja eh nicht!", sagte das Mittelkind und winkte ab. Also holte ich Fliegenfänger. Jene extrem klebrigen, gelbbraunen Spiralbänder, die von der Decke baumeln und besser nicht mit Omas Perücke in Kontakt kommen.

„So, der kommt unters Regal", sagte ich, als ich die Klebespirale auseinanderzog. „Quatsch, die krabbeln doch alle am Fenster", widersprach meine Frau. So entspann sich ein Streit um Lebensgewohnheiten von Fliegen, in dem sich meine Frau überraschend uneinsichtig gab. Schließlich hängte ich meinen Fliegenfänger ans Regal. Und sie ihren ans Fenster.

Am Abend sah ich noch einmal diskret nach. Am Fliegenfänger meiner Frau hingen drei tote Fliegen. An meinem keine einzige. Ich hatte nur eine Chance, mein Gesicht zu wahren. Ich musste klammheimlich die Fliegenfänger austauschen. Mit spitzen Fingernägeln, ganz vorsichtig, die Zunge im Mundwinkel, prokelte ich im Halbdunkel an der Reißzwecke.

Plötzlich knallte es nebenan. Das Nesthäkchen hatte beim Tritt gegen den Tisch einen Stuhl umgeworfen, eine Vase war zu Bruch gegangen. Und der Fliegenfänger hing in meinen Haaren. Jeder Versuch, mich zu befreien, machte das Elend nur noch schlimmer. So stand ich da, als das Nesthäkchen mit Siegermiene in die Küche stürmte und einen ausgezogenen Schuh wie eine Trophäe emporhielt. An der Sohle klebte eine erschlagene Fliege in ihrem eigenen Blut. „Gilt mit dem Fuß auch?!"

ZUGLUFT

Der Japaner konnte meiner Hochachtung immer gewiss sein. Die Mischung aus Fleiß, Frohsinn und Bescheidenheit, die das Klischee ihm zubilligt, entspricht auch voll meinem eigenen Wesen. Und an meinem tiefen Respekt für die Söhne und Töchter Nippons wird auch unsere jüngste Bahnfahrt nichts ändern.

Sie stiegen irgendwo in Bayern zu. Die Erste trug ein FC-Barcelona-Trikot. Die Zweite trug eine Kuckucksuhr vor sich her. Die Dritte spielte ständig an einem technischen Gerät herum, das ich nicht recht einordnen konnte. Offenbar hatten sich die drei jungen Frauen ein paar Tage Zeit genommen, um Europa von Grund auf kennenzulernen. Kaum hatten sie ihre Rucksäcke verstaut und uns lächelnd zugenickt, holte die Barcelona-Japanerin eine Kamera hervor, presste sie ans Zugfenster und begann zu filmen.

Nun habe ich mich persönlich schon immer gefragt, ob die Bahn ihre Schienen eigentlich planmäßig durch die hässlichsten Gegenden verlegt oder ob die Umgebung der Bahnlinien erst nach Verlegen der Gleise so hässlich wird. Die Japanerin aber filmte unterschiedslos, was kam. Minutenlang filmte sie Birkenbüschel im Schotterbett, halb verfallene Holzhütten und leer stehende Betriebsgebäude mit eingeworfenen Scheiben. Bilder des Grauens. Und schließlich nickte sie, die Kamera immer an der Scheibe, ein. Ich fragte mich, wer sich diesen Film jemals ansehen würde. Sollten diese Aufnahmen das Deutschlandbild der Asiaten prägen, könnten sie womöglich Kursstürze an den Börsen auslösen.

Plötzlich schreckte sie zusammen. Wir waren in einen Tunnel gefahren. Draußen herrschte Finsternis. Endlich nahm sie die Kamera von der Scheibe. Ich unterdrückte ein Aufatmen. Dann justierte sie den Fokus – und drückte die Kamera wieder ans Fenster, um ja die zweite Hälfte des Tunnels nicht zu verpassen.

Bis heute habe ich mein seltsamstes Ferienerlebnis innerlich nicht ganz verarbeitet. Aber die Begegnung hat mir doch gezeigt, was ich selbst niemals tun würde. Und das ist ja wohl der tiefere Sinn des Reisens: In der Begegnung mit dem Fremden das Eigene zu erfassen.

NACKTSCHNECKEN

Als ich heimkam, sah ich das Einmachglas schon von Weitem auf dem Plattenweg stehen. Unter einer durchlöcherten Zellophanabdeckung krochen darin drei Nacktschnecken über abgerupfte Grasbüschel. Ich nahm mir vor, meine drei Töchter noch einmal in angemessener Schärfe darüber zu belehren, dass Tiere keine Spielzeuge sind. Dann fasste ich das Glas mit spitzen Fingern und schüttete den kompletten Inhalt in die Hecke. Man kann sagen, ich schenkte drei drangsalierten Kreaturen die Freiheit.

Als ich dann ins Haus trat, stürmten mir meine Töchter strahlend entgegen. „Endlich haben wir eigene Haustiere", rief die Erstgeborene. Man muss dazu wissen, dass bei uns seit Monaten ein Familienstreit schwelt, in dem ich meine ganze Autorität geltend machen muss, um die Anschaffung eines Meerschweinchens zu verhindern. „Sie heißen Mucki, Schleimi und Finchen", erklärte das Mittelkind. Dann redeten alle durcheinander. Es ging darum, dass Mucki sich vorhin mit Schleimi gestritten, aber dann wieder vertragen habe und dass Finchen und Schleimi manchmal auch Mucki ganz schön ausgrenzten. „Aber sie sind sooo süß", schwärmte das Nesthäkchen.

Ich lächelte, aber das Grauen richtete meine Nackenhaare auf. Ich begriff, was ich angerichtet hatte. Kalten Herzens hatte ich drei Familienmitglieder ins Gebüsch gekippt. Flugs scheuchte ich meine Töchter ins Bett und stürmte in den Garten, um die geliebten Schnecken wieder einzufangen. Mit dem Glas kroch ich unterm Kirschlorbeer herum. „Komm, komm, komm!", rief ich, obwohl ich mir nicht sicher bin, ob Schnecken überhaupt Ohren haben.

In diesem Moment tauchte am Zaun der Nachbar auf. „Und? Was verloren?", fragte er. „Nein, ich suche Schnecken", antwortete ich verlegen. „Soso. Na, wem's schmeckt", sagte er, und in seinen Gesichtszügen rangen das Bemühen um Toleranz und aufrichtiger Ekel miteinander. Ich wollte ihm entrüstet erklären, dass wir keine Familienmitglieder essen, doch er war schon verschwunden.

Später gelang es mir tatsächlich, drei Schnecken ins Glas zu bugsieren. Ob es sich dabei um die drei Flüchtigen handelte, werde ich nie erfahren. Am nächsten Morgen hatten meine Töchter nämlich Mucki, Schleimi und Finchen längst wieder vergessen.

DIE KREATUREN DER HÖLLE

Unser Mut wächst mit unseren Aufgaben. Das sagt sich natürlich leicht so dahin. Ich aber weiß das, weil ich kürzlich vorm Fernseher eingedöst bin. Ich erwachte, als ein Schatten an mir vorbeizog. Zuerst glaubte ich an eine Sinnestäuschung. Dann huschte der Schatten lautlos zurück – und mit ihm die Erkenntnis, das ich nicht allein war. Meine Nackenhaare stellten sich auf. Ich atmete tief durch und knippste beherzt das Licht an. Dann sah ich sie. Schamlos grinsend flatterte eine Fledermaus um die Lampe.

Nun trete ich diesen Tieren völlig vorurteilsfrei gegenüber. Und doch hob ich stumm die Arme und wickelte diese um meinen Kopf. Ich wollte dem armen Tier ersparen, dass es in meinen Haaren hängen bliebe. Dann ging ich langsam, das Tier immer im Auge, zur Terrassentür und öffnete. „Hossa!", rief ich und versuchte, sie hinaus in die Freiheit zu scheuchen. Doch sie raste gegen das Fenster. Wie Batman im Kleinformat lag sie am Boden. Mit einem Taschentuch näherte ich mich praktisch unerschrocken der leblosen Kreatur. Gerade, als ich sie berühren wollte, flatterte sie auf – und verschwand durch die Tür.

„Lass dir das eine Lehre sein!", rief ich ihr mutig in den Nachthimmel nach. Dann schenkte ich mir erst mal einen Whiskey ein. So, wie man das tut, wenn man gerade Graf Dracula besiegt hat. Ab und an sollte man sich doch vergewissern, dass man es zur Not mit allen Kreaturen der Hölle aufnehmen würde. Wenn sie einem keine andere Wahl lassen.

AUCH REGEN BRINGT SEGEN

Ich persönlich habe es schon immer für einen Konstruktionsfehler im Schöpfungsplan gehalten, dass gelegentlich Wasser vom Himmel fallen muss, um den Kreislauf des Lebens in Gang zu halten. Doch so richtig kennengelernt habe ich die ambivalente Kraft, die im Regen steckt, erst jetzt. Im Urlaub.

Wir saßen in der Fremde in einer Ferienwohnung fest. Draußen goss es wie aus Kübeln, und drinnen nutzten sich langsam die Würfel beim Kniffeln ab. Nach ein paar Tagen standen meine drei Töchter seelisch am Rande der Kernschmelze. Die Atmosphäre glich jener während der Kuba-Krise 1962. In dieser Situation brachte ich Spaghetti auf den Tisch – was nicht zur Entspannung beitrug. „Immer dasselbe", bemerkte meine Erstgeborene leider nicht ganz unzutreffend. Das Mittelkind stocherte genervt in den Nudeln herum. Und das Nesthäkchen ließ die Haare lustlos in die Soße hängen. Das Nesthäkchen ist ohnehin die Nina Hagen der deutschen Tischkultur.

„Jetzt reicht's!", brüllte ich da und schlug auf den Tisch. Dann ließ ich einige klassische Weisheiten der Pädagogik folgen, in denen es um Kinder in armen Ländern ging, und wünschte nachdrücklich „Gu!ten! Ap!pe!tit!". Augenrollen bei der Erstgeborenen, Weiterstochern beim Mittelkind. Nur dem Nesthäkchen schossen Tränen der Wut in die Augen. „Ich hab' die Nase voll", rief es. „Ich will nicht mehr bei euch aufgewachsen werden. Ich ziehe aus!" Dann lief es aus der Küche und machte sich daran, seinen kleinen Koffer zu packen. Vornehmlich gedachte es, CDs und Bilderbücher mitzunehmen.

In der Regel genießen es Kinder still, wenn andere sich streiten – ein Verhalten, dass sich später in Büros und Talkshows nahtlos fortsetzt. Doch jetzt herrschte Schweigen. Vorwurfsvoll sahen mich Erstgeborene und Mittelkind an. Das Nesthäkchen öffnete unterdessen die Wohnungstür. Es blickte in einen Vorhang aus Regenfäden. „Na gut, ich gebe euch noch eine letzte Chance!", sagte es dann und kehrte erhobenen Hauptes in die Wohnung zurück. Man kann über Regen ja sagen, was man will. Aber er kann auch sehr gemeinschaftsstiftend sein.

IN DEN STRASSEN VON LAATZEN UND LINDEN

Um keine Missverständnisse aufkommen zu lassen: Ich habe überhaupt keine Vorurteile gegen Lindener. Es leben ausschließlich nette Menschen in diesem wunderbaren Stadtteil. So bunt und weltoffen und entspannt und spontan sind sie dort, dass man sie einfach mögen muss. Aus vollem Herzen. Ehrlich.

„Bei uns im Viertel sind irgendwie alle gut drauf", sagte jetzt mein alter Freund Tom, ein Gesinnungslindener. Ich nickte. Die Lindener mit ihrem gesunden Selbstwertgefühl waren immer schon bereit, bewundernd zu sich selbst aufzublicken. Eine schöne Eigenschaft, finde ich. „Spießigkeit ist echt woanders", sagte Tom.

Mein eigener Lokalpatriotismus erwachte. Ich selbst bin Laatzener, von Geburt und Überzeugung. Laatzen gilt Lindenern wie Tom bestenfalls als urbane Randerscheinung. Dabei können wir Laatzener sehr sensibel sein. Wir haben auch unsere Gefühle, und wir mögen es nicht, wenn man uns als Landeier verspottet oder wenn ein Außenstehender unsere Hochhausarchitektur schmäht, die in der Welt ihresgleichen sucht. „Spießer gibt's bei uns auch nicht", antwortete ich knapp.

Tom hörte es gar nicht. Jetzt schwärmte er von lauen Sommerabenden im Freien. „Bei uns findet das Leben auf der Straße statt", sagte er. Das ist vielleicht ein wichtiger Unterschied zwischen Laatzen und Linden, dachte ich. In Linden gelten Straßen als Lebensraum. Bei uns in Laatzen sind Straßen eher Mittel zum Zweck. Man betritt sie, um von A nach B zu kommen.

„Und die Lockerheit bei uns – hach, ihr könnt euch das alles gar nicht vorstellen", schwärmte Tom. Missgünstige Geister hätten jetzt vielleicht eingeworfen, dass Linden eine triste Mischung aus falscher Arbeiterromantik und realer Parkplatznot ist. Ich aber gönne den Lindenern ihr Linden. Nur beiläufig erwähnte ich, dass die Laatzener Leinemasch größer ist als der Central Park in New York. Aber das ganz am Rande.

DAS SCHWEIGEN

Ich fahre nicht oft mit der Bahn zum Anzeiger-Hochhaus. Mich nerven die lauten Plaudereien, das Handygeschnatter, das MP3-Player-Gedudel. Die Hölle, das sind die anderen, sagt Sartre. Und ich selbst spreche eigentlich nur, wenn es wichtig ist. Doch seit meiner jüngsten Fahrt weiß ich, was noch viel unerträglicher ist als das Geplappere. Das ist das Schweigen.

Er stieg ein, sah sich um und sprach den Mann neben mir an: „Ach, du warst doch früher auch auf der Sowieso-Schule." „Ja." Ich richtete mich auf ein nostalgisches Gespräch ein über den krummbeinigen Musiklehrer oder die hübsche Blonde aus der 10b. Auf einen Abgleich gemeinsamer Erinnerungen. Doch es geschah – nichts. Die beiden saßen sich gegenüber, sahen sich an, und keiner fand einen Anfang. Mit jeder Sekunde wuchs für die beiden der Druck, etwas zu sagen, und zugleich wurde es immer schwerer.

Werner-von-Siemens-Platz. Am Brabrinke. Dorfstraße.

Das Schweigen kroch durch den Wagen, und ständig wurde die Stille lauter. Alle anderen versuchten, irgendwo hinzusehen, jeder bewog in seinem Herzen die Frage, ob er nicht kommunikative Starthilfe geben könnte. Doch keiner tat etwas. „Wir waren aber nicht in einer Klasse", versuchte es der Zugestiegene noch einmal. „Ich bin 33", sagte der andere. „Und ich 29. Nee, dann waren wir wohl nicht in einer Klasse. Wüsste ich auch."

Peiner Straße. Fiedelerstraße. Döhrener Turm.

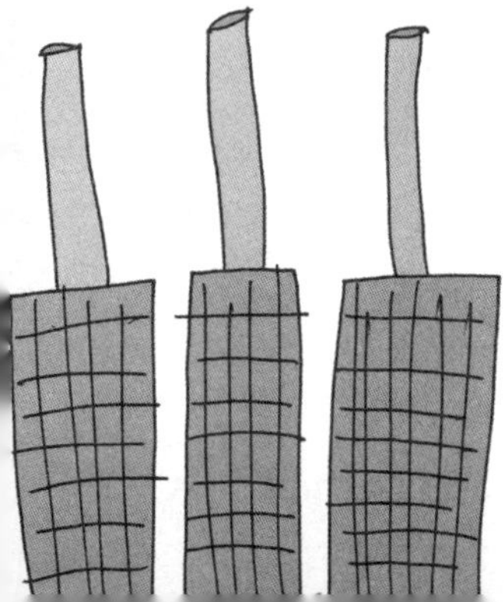

„So, ich muss dann mal wieder", sagte der Zugestiegene und winkte ein wenig ungelenk, als er aufstand. „Mach's gut", sagte der andere. Dann schwieg er wieder. Vermutlich bis ans Ende seiner Tage. Aber zuverlässig bezeugen kann ich das nur bis Aegidientorplatz.

HERBST

Die Jahreszeit, in der
St. Martin und Halloween
miteinander ringen – und
Kopffüßler pünktlich sterben.

DIE ÄLTESTE NUDEL DER WELT

Die Geschichte der Nudel muss in großen Teilen neu geschrieben werden. Chinesische Archäologen haben in der westchinesischen Provinz Quinghai eine Schüssel mit Hirsenudeln aus der Jungsteinzeit ausgegraben. Diese fanden sich in einer umgekippten Schüssel drei Meter unter der Erde. China ist damit Heimat der ältesten Nudeln der Welt. Bei vielen Fernfahrern hatte bislang ein Schnellrestaurant nahe der Autobahnabfahrt Bochum-Werne als aussichtsreichster Kandidat für diesen Titel gegolten. Auch Italien ist im alten Wettstreit um die Ehre, Mutterland aller Nudeln zu sein, nun aus dem Rennen. Denn die 50 Zentimeter langen Teigwaren aus Lajia wurden vor 4000 Jahren zubereitet – zu einem Zeitpunkt also, als Italien noch gar nicht erfunden war.

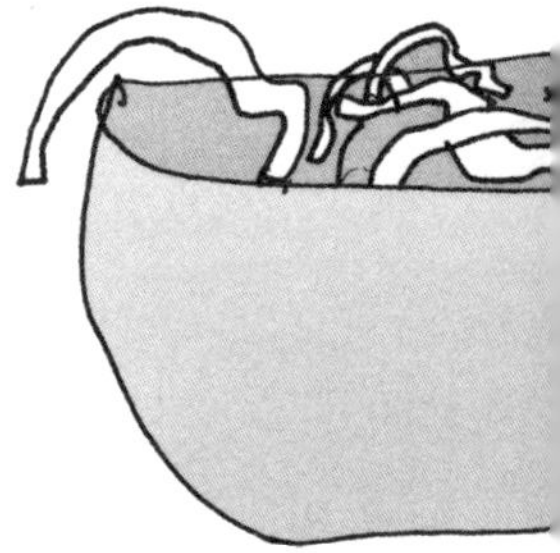

Nun wäre nicht auszudenken, was für eine nationale Krise Deutschland überfiele, wenn Archäologen ptolemäisches Sauerkraut oder assyrische Currywürste entdeckten: Identitätsverlust, Umsatzeinbruch in der Gastronomie, Bewältigungsversuche von Eugen Drewermann („Die Krise als Chance begreifen"), am Ende Neuwahlen.

Die italienische Öffentlichkeit hingegen geht in der Regel entspannt mit ärchäologischen Lebensmittelfunden um. Die Italiener werden sich damit trösten, dass es zu den alten China-Nudeln nicht einmal Parmesankäse gab und dass diese – sicherlich aus gutem Grund! – schließlich bis heute nicht gegessen wurden. Gastwirte in Ravenna werden sich feixend Bemerkungen zu überschrittenen Verfallsdaten asiatischer Lebensmittel zuraunen. Am Ende schreibt die neapolitanische Boulevardpresse: „Drei Meter tief vergraben: Schon Steinzeitmenschen verschmähten China-Nudeln!", und dann gehen alle zum Strand und – andiamo, ragazzi! – machen Liebe.

So verschieden sind nationale Mentalitäten.

Das chinesische Selbstbewusstsein bekommt durch den Nudelfund ohnehin – sagen wir: neue Nahrung. Womit die Nudeln doch noch zu ihrer Bestimmung gefunden haben.

DER BESTIMMER

Der Morgen ist immer die kritische Phase des Tages. Das stimmt natürlich nicht. Wenn man wie ich als einziger Mann mit vier teils sehr jungen Damen zusammenlebt, weiß man, dass jede Phase des Tages die kritische ist. Da ich im Grunde konfliktscheu bin, versuche ich immer, aufkommende Zickenkriege schon im Keime zu schlichten. Aber morgens, wenn die Bürste durch Mädchenhaare ziept und Kakaobecher rituell umgestoßen werden, gelingt mir das am wenigsten. Konfliktscheu ist außer mir in der Familie nämlich niemand.

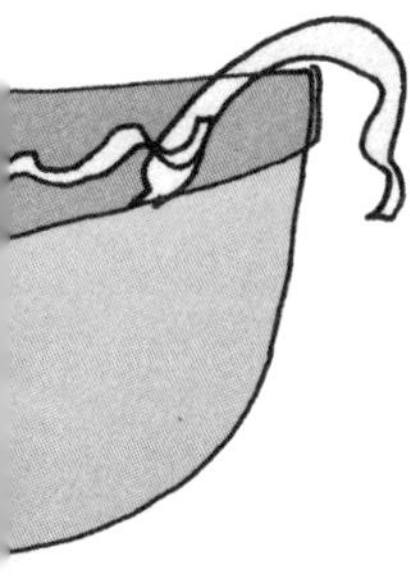

Wir saßen wieder am Frühstückstisch, die Mutter war einkaufen, und zwischen Erstgeborener und Mittelkind erhob sich Kabale. Es ging darum, wer die Pferdetasse bekommt, oder um das Erstzugriffsrecht aufs Nutella-Glas, jedenfalls um etwas ungeheuer Ernstes. „Die da will immer nur die Bestimmerin sein", nölte die eine. „Bin ja auch die Bestimmerin, nä-nä-nänä-nä", giftete die andere. Und plötzlich ließ ich alle Contenance fahren und verwandelte mich zu meiner eigenen Überraschung in einen magenkranken Feldwebel. „Ruhe!", brüllte ich und schlug mit der Faust auf den Tisch. „Ich bin hier der Mann! Der Älteste! Der oberste Bestimmer hier bin ganz allein ich!"

Mein kleiner Monolog verfehlte seine Wirkung nicht. Die Stille war himmlisch. Ich dachte an Herrn Ö. (Initial geändert, aber nur ein bisschen) aus der Nachbarschaft, der in seiner Familie das Sagen hat. In seinem Heimatland denkt man da vielfach sehr wilhelminisch. Jetzt fühlte ich mich wie Herr Ö., und ich fühlte mich gut. Frei irgendwie. Der interkulturelle Dialog darf eben keine Einbahnstraße sein. Dann brach die Erstgeborene das Schweigen. „Papa?" „Grja?" „Bist du wirklich unser Bestimmer?" In ihrem Blick lag jene Skepsis des Aufklärers, der erstmals an Gott zweifelt. Ein Schaudern über die eigene Courage. „Ja", sagte ich so, wie ein Bestimmer Ja sagt. Sie grübelte ein wenig. Sie verglich Anspruch und Wirklichkeit. „Papa?", fragte sie dann. „Was denn?" „Weiß Mama das eigentlich?"

MESSERS SCHNEIDE

Zur Basis jedes glücklichen Familienlebens gehört eine gesunde Doppelmoral. Ich weiß das, weil ich als einziger Mann das Haus mit vier weiblichen Wesen teile. Da lebt man wie ein Lamm unter Löwen. Unter Löwinnen. Sie umlauern dich ständig. Sie warten. Und bei passender Gelegenheit schlagen sie zu.

Ich war wohl ein wenig in Gedanken, als ich mich zu Frau und Töchtern an den Frühstückstisch setzte. Ich glaube, ich diskutierte innerlich mit Leibniz und Voltaire, und wir waren gerade kurz davor, die Frage „Existiert Gott?“ abschließend zu beantworten. Vielleicht war ich aber auch einfach nur müde. Als Vater ist man oft schon morgens müde. Da geschah es. Ich schmierte mir ein Brot und leckte traumverloren das Nutella-Messer ab. Sofort brach ein Orkan des Entsetzens über mich herein. „Iiii!“, schrie angewidert die Erstgeborene. „Menno, Papa!“, wies mich das Mittelkind indigniert zurecht. „Isse haue diss dleich auffe Nuss!“, drohte das Nesthäkchen. Es ist erst drei, und obwohl es bei uns weder Horrorvideos noch seelenzersetzende Computerspiele gibt, bleibt gewaltfreie Erziehung leider oft eine Einbahnstraße.

Meine Frau zog mich später zur Seite und sprach mit mir ein wenig über Regeln, Konsequenz, Zusammenleben und Frühstückskultur. Sie maßregelt mich immer liebevoll, jedenfalls vergleichsweise. Daher traute ich mich, sie zu fragen, warum sie kürzlich denn selbst ein Messer abgeleckt hätte. „Na ja“, sagte sie. „Wir machen so was ja auch nur, wenn's die Kinder nicht sehen.“ Ich verstand. Mit Messerablecken ist es wie mit roten Ampeln, wenn kein Auto kommt. Oder mit Schimpfwörtern. Oder mit rauchen, trinken und noch anderen Sachen, die zu schrecklich sind, um hier Erwähnung zu finden. Man verhält sich vorbildlich, aber nur, um der unmündigen Brut ein rechtes Beispiel zu geben. Kinder lernen schnell.

Dass Kinder auch schnell durchschauen, merkte ich eine Stunde darauf. Ich blickte in die Küche. Da knieten die drei. In den Händen hielten sie das Nutella-Glas, wie einst Eva den Apfel in den Händen gehalten hatte. „Eigentliss isse verboten“, sagte das Nesthäkchen schuldbewusst, ehe es sein Messer genüsslich ableckte. „Na ja“, sagte die Erstgeborene. „Wir machen sowas ja auch nur, wenn's Mama und Papa nicht sehen.“

DER GROSSE GRABEN

Ich fahre nicht oft mit der U-Bahn, und an dieser Haltestelle hatte ich seit 20 Jahren nicht mehr gestanden. Als Schüler war ich hier einst jeden Tag ein- und ausgestiegen. Die blauen Fliesen, das fahle Licht – alles war noch genau wie damals. Und dann sah ich ihn. Auf dem Bahnsteig gegenüber stand gestern Abend Jens Feldmann (Name sehr geändert). Er hatte dort schon früher immer gestanden, nach Schulschluss, wenn er in die entgegengesetzte Richtung heimfuhr. Er war in der Parallelklasse gewesen. Jetzt war er wieder da, nur etwas älter. Ein Wiedergänger aus meiner Vergangenheit. Und er hatte mich auch gesehen.

„Das ist ja wie früher!“, sagte ich halblaut und grinsend über den Gleisgraben zwischen uns hinweg. „Was?!“, gab Jens Feldmann zurück. „Na, dass wir beide hier stehen!“, sagte ich. Vom älteren Herrn neben mir erntete ich einen etwas indignierten Blick dafür, dass ich so laut mit den Gleisen sprach. „Was?!“, sagte Jens Feldmann erneut, und mir schwante, dass schon sein erstes „Was?!“ eher ein „Wie bitte?“ gewesen war. Er verstand mich nicht. Ich war zu leise.

Früher, vor 20 Jahren, hätte ich keine Skrupel gehabt, laut durch die ganze Station zu brüllen: „Mensch, Jenne, altes Knautschgesicht! Komm, wir gehen einen trinken!“ Doch zum Mut meiner Jugend fand ich nicht zurück. Jetzt sagte Jens Feldmann seinerseits etwas, das ich nicht verstand. Natürlich hätte ich zu ihm hinübergehen können. Aber so dicke waren wir nun auch nicht gewesen. Und vielleicht fände er das aufdringlich und würde mich mit der Ausrede abspeisen, er müsse leider dringend heim, seine Katze füttern oder so. Also nickte ich ihm lächelnd zu, schüttelte dann den Kopf und hob immer wieder winkend die Arme.

So füllten wir mehrere Minuten mit Mimik und Gestik. Einander einfach zu ignorieren wäre der Gipfel der Unhöflichkeit gewesen. Es dauerte quälend lange, bis die erlösende U-Bahn einfuhr. Ich winkte Jens Feldmann noch einmal durch die Scheiben zu, und dabei lachte ich ebenso übertrieben wie lautlos. Es war ein ziemlich beklemmender Abschied. Ich habe Jens Feldmann nie wiedergesehen. Jedenfalls seit gestern Abend nicht.

FEGEFEUER

Der Pastor sagte: „Wir wollen beten, wie der Herr uns zu beten gelehrt hat." Gute Christenmenschen wissen, dass der Teil des Gottesdienstes, der dann kommt, nicht ganz unwichtig ist. Es kommt das Vaterunser. Wir standen also feierlich in der Kirche: „Vater unser im Himmel …" Just in diesem Moment erklang, was viele für die finnische Nationalhymne halten. Liebesgrüße aus Espoo. Es erklang der Klingelton „Nokia Tune", der sich am besten mit „Tüdelüdü, tüdelüdü, tüdelü-dü-dü" umschreiben lässt.

Erfahrene Kirchgänger blicken in so einer Situation möglichst unbeteiligt geradeaus und warten, bis es in der Tasche nicht mehr vibriert. Oder sie schauen ihren Nachbarn vorwurfsvoll an, um den Verdacht von sich selbst abzulenken. Die Frau vor mir jedoch öffnete ihre Handtasche. „… Dein Wille geschehe …" „Tüdelüdü, tüdelüdü, tüdelü-dü-dü!", klingelte es jetzt ohne Schalldämpfung.

Die Frau fing an zu wühlen. Ihre Arme verschwanden bis zu den Schultern in der Tasche. Schlüssel, Würfelzucker, Schokolade – so eine Damenhandtasche ist ein Füllhorn der Konsumgesellschaft. Allein ihr Handy fand sie nicht. „… und vergib uns unsere Schuld …" „Tüdelüdü, tüdelüdü, tüdelü-dü-dü!!" Die Frau bekam Hektikflecken im Gesicht und sah sich Hilfe suchend um. Sie stand in der Bankmitte, rechts und links von ihr standen Menschen. Flucht war unmöglich. Sie wühlte noch einmal kurz verzweifelt, dann schloss sie die Tasche. Es war eine Kapitulation. „… erlöse uns von dem Bösen …" „Tüdelüdü, tüdelüdü, tüdelü-dü-dü!!!"

Ihr blieb nur noch die Schadensbegrenzung. Sie legte die Tasche auf die Bank und setzte sich darauf. Ihr Gesicht barg sie in den Händen. Einige der Stehenden schauten genervt. Doch die Blicke derer, die sie in mitleidiger Nächstenliebe anschauten, dürften sie ebenso hart getroffen haben. „… und die Herrlichkeit …" „Tüdelüdü, tüdelüdü, tüdelü-dü-dü!!!!" Alle sprachen das Vaterunser mit, doch niemand betete wirklich. Mit einer Ausnahme. Die Handyfrau, da bin ich sicher, betete so innig wie nie zuvor in ihrem Leben. Denn zwischen ihr und der Bank loderten, für alle gut hörbar, die Flammen des finnischen Fegefeuers.

DIE TELEFONZELLE

An der Einrichtung meines Lieblingscafés hat sich seit Jahrzehnten nichts verändert. Herbert Schmalstieg und Abba, Helmut Kohl und Michael Jackson, Schlaghosen und 3,5-Zoll-Disketten kamen und gingen – doch hier blieb jedes Gemälde an seinem Platz. Draußen dreht sich die Welt, und hier bleibt alles beim Alten. Wer in dieser Stube seinen Kakao trinkt, thront auf einem Felsen der Beständigkeit, an dem sich die Brandung der Neuerungen bricht, dachte ich mit feinem Sinn fürs Poetische. Dann überkam mich ein menschliches Bedürfnis.

Ich steuerte jene Tür an, die ich neben der „Damen"-Tür erspäht hatte. Doch sie war abgeschlossen. Ein Schild klärte die Leute darüber auf, wo es wirklich zum Herrenklo ging. Und dann entdeckte ich über der verschlossenen Tür in Holzbuchstaben das Wort „Telefon". Eine alte Telefonzelle. Ein liebenswertes Relikt aus der fernen Ära des handylosen Telefonierens. Ein unverhoffter Gruß aus der Blütezeit des Münzfernsprecherwesens. Hinter dieser verschlossenen Tür, malte ich mir aus, bot in treuer Dienstbereitschaft und tiefer Dunkelheit ein altes Wählscheibentelefon seine Dienste an, die niemand mehr wollte. Im Grunde eine Tragödie.

Es dauerte nicht lange, bis ein anderer Herr an mir vorbeiging und vergebens die Klinke drückte. „Sie müssen bitte dort hinter der Treppe nach rechts gehen", klärte ich ihn auf. Er nickte dankend und lächelte. Ich löffelte an meinem Krokantbecher (mit Kirschen), als der nächste Mann kam. „Hinter der Treppe rechts!", sagte ich, nachdem er bemerkt hatte, dass die Tür verschlossen war.

Der Boden meines Eisbechers war noch nicht erreicht, als der fünfte Mann Richtung Telefonzelle ging. Ich fing ihn schon auf dem Weg zur Tür ab. „Da lang!", sagte ich knapp. Ich wusste ja, was ihm bevorstand. „Was?", fragte er irritiert. „Da!", schnauzte ich und zeigte Richtung Klo. Er verstand nicht, ging kopfschüttelnd weiter, drückte die Klinke, las das Hinweisschild und verstand. Ich aber bekam eine schreckliche Wut auf Telefonzellen. Kein Mensch braucht sie mehr! Die Welt hat sich nun einmal weitergedreht. Und überhaupt finden Menschen heute, in Zeiten der modernen Kommunikation, viel schneller zueinander als früher.

KOPFFÜSSLER

Es war schon eine seltsame Trauerprozession, die an diesem vorwinterlichen Oktobertag durch unseren Garten zog. Meine drei Töchter beklagten den Verlust zweier Urzeitkrebse. Das sind Trockentiere aus der Tüte, die man durch einen Wasseraufguss zum Leben erwecken kann. Eine Fünf-Minuten-Terrine für Fossilienfreunde. Ihre Lebenserwartung ist eher ein Verfallsdatum: Im gesegneten Alter von zwei Monaten waren die beiden Kopffüßler (Triops cancriformis) sehr pünktlich heimgerufen worden in die Ewigkeit. Und jetzt war Beerdigung.

Ich schritt also ernst voran, die sanft Entschlafenen in ein Taschentuch gebettet. Meine Erstgeborene folgte, zur Feier des Tages kostümiert als Indianerin. Das Mittelkind trug ein Deutschlandtrikot und führte den Ball eng am Fuß. Mein Nesthäkchen zog einen Stoffhasen hinter sich her. „Iss will die Braut sein!", sagte es. Offenbar hatte es das Gravitätische der Situation intuitiv erfasst. So hieß ich die Kinder Aufstellung nehmen vor einem Loch im Rosenbeet.

Nun muss man wissen, dass an mir ein ganz hervorragender Pastor verloren gegangen ist. „Liiiebe Gemeinde!", sagte ich also, streckte den Bauch vor und faltete die Hände darüber. Pastoren machen das immer so, das gehört gewissermaßen zur Liturgie. „Wir sind heute hier zusammengekommen, um Abschied zu nehmen", sagte ich. Pause. „Abschied von …"

Ich hatte mir eine ergreifende Rede zurechtgelegt über die so plötzlich aus dem Leben Gerissenen, doch bald unterbrach mich die Erstgeborene: „Wie lange is' noch?!", fragte sie pietätlos. Ich schaute sie tadelnd an und rekapitulierte weiter das kurze Aquarienleben der viel zu früh Verschiedenen, denen wir hier die letzte Ehre erwiesen. Ich wollte gerade die Frage nach dem Warum ansprechen, da verdrehte das Mittelkind die Augen: „Mach Loch zu!", forderte es und zeigte zum Spaten.

Ich kapitulierte vor der Gewalt der Banalität. Den geplanten Choral und das Vaterunser strich ich schweren Herzens. „Kommt, lasst uns Cheerleader spielen", sagte die Erstgeborene, kaum dass frische Erde das Grab deckte, und schwenkte zwei bunte Stoffpuschel. Mitten im Tode sind wir vom Leben umfangen, wollte ich noch sagen. Aber da hatte sich meine Trauergemeinde schon aufgelöst.

LEGENDENBILDUNG

Ich persönlich halte Klatsch und Tratsch für den Quell allen, wirklich allen Übels. Andere mögen Gerüchte verbreiten, Lügen erfinden und Legenden spinnen. Ich mache da nicht mit. Mein Herz ist in dieser Hinsicht so rein wie weiße Fliederblüten an einem sonnigen Maimorgen.

Meine Erstgeborene kam aufgeregt aus dem Bad zurück. „Iiiii!“, rief sie spitz. „Da ist sooo eine riesige Spinne!“ Ihre Hände formten die Größe einer mittleren Tortenplatte. „Soso“, sagte ich. Als Vater von drei Töchtern und Mann einer empfindsamen Frau lernt man, gelassen auf Klagen über Ungeziefer zu reagieren. „Ehrlich, und das Ding kann fliegen!“, schob die Erstgeborene entsetzt nach. Offenbar hatte eine Schnake ihren Weg gekreuzt. Eine Tipula maxima, wie der Zoologe sagt.

Das Mittelkind war beeindruckt. „Und … und welche Farbe hat das Vieh?“, wollte es wissen und spähte vorsichtig zur Gästebadtür, hinter der das Grauen lauerte. „Äh … Grün. Giftgrün, und sie leuchtet im Dunkeln“, raunte die Erstgeborene, die sich sichtlich an der eigenen dramatischen Schilderung weidete. „Schrecklich!“, gruselte sich das Nesthäkchen. Mir schwante, dass es das Bad künftig nur noch unter Polizeischutz betreten würde.

Die Erstgeborene ging nun ganz in ihrer Rolle als Schnakenüberlebende auf. „Und das Monster hat spitze Zähne, mit denen es seinen Opfern das Blut aussaugt“, fabulierte sie. „Und seine Augen glühen rot, und seine pelzigen Fangarme haben nach mir gegriffen …“ Die anderen hingen atemlos an ihren Lippen. Obwohl sie wussten, dass die Erstgeborene schamlos übertrieb, und obwohl die Erstgeborene wusste, dass die anderen das wussten.

In diesem Moment ahnte ich, wie Legenden in die Welt kommen. Egal, ob sie jemandem schaden sollen, egal, ob sie einen wahren Kern haben oder nicht: Legenden machen die Runde, weil Leute aus Gefallsucht prahlen. Und weil andere ihnen gern glauben und mehr hören wollen. Gehen Geschichten dann nur lange genug von Mund zu Mund, werden Lügen wahr. Ob Berlin, Burgwedel oder Badezimmer – aus Mücken werden dann Monster. Wer's nicht glaubt, schaue ruhig in unserem Gästeklo nach.

SPEICHERPLATZ

Der Dachboden ist das Gedächtnis des Hauses. Auf Dachböden finden sich Schatzkarten, verschollene Mozart-Manuskripte oder Nolde-Gemälde. Und alte Truhen, die dort stehen, sind verborgene Eingänge ins Reich der Elfen. Auf unserem Dachboden haben sich in Schichten die Lebensspuren von Generationen abgelagert: Das Foto vom Onkel in Uniform liegt unter einem Stapel Quittungen von 1956, aber über dem wurmstichigen Bismarck-Bild. Die Zeit hat all das Gerümpel mit Patina überzogen und kostbar gemacht. Dennoch schwelt in der Familie seit Jahren ein Konflikt um die geschichtsvergessene und pietätlose Idee, den Dachboden zu entrümpeln und auszubauen.

Ich pries meine Unnachgiebigkeit in dieser Sache, als meine drei Töchter am Frühstückstisch die Frage nach dem Verbleib des ausgemusterten Schaukelpferdes aufwarfen. „Max steht auf dem Dachboden – nur gut, dass wir einen haben", sagte ich und nickte ganz sachlich in Richtung meiner Frau. Aufkeimende Triumphgefühle erstickte ich in Demut.

Kurz darauf standen sie im Treppenhaus. Sie spähten die staubigen Stufen hinauf ins Dämmerdunkel. „Also, ich geh' da jetzt rauf!", sagte die Erstgeborene so entschlossen wie ein SEK-Beamter vor der Tür eines Terrorverdächtigen. „Los, trau dich!", ermunterte mein Mittelkind das Nesthäkchen und schob es Richtung Treppe. Dann verschwanden die drei. Und für lange Zeit wurde es still im Haus.

Jubelgeheul unterbrach schließlich meine Zeitungslektüre. Mit Spinnweben verhangen waren sie zurückgekehrt aus dem Reich der Vergangenheit. Das Nesthäkchen hatte einen Lolli im Mund. Ich erinnerte mich dunkel daran, genau so einen vor vielen, vielen Jahren auf dem Dachboden verloren zu haben. Das Mittelkind trug einen Stapel fragwürdiger politischer Literatur unterm Arm. Doch über den Fund der Erstgeborenen freuten sich alle am meisten. „Sie soll Emma heißen!", sagte diese und hielt eine ausgestopfte Rabenkrähe in die Höhe, in der bei Lichte besehen viel Leben steckte.

Seither wird bei uns die Debatte um den Ausbau des Dachbodens unter ganz anderen Vorzeichen geführt.

DER WINDHUND, DIE BAHN UND DER TOD

Im Laufe der Jahre habe ich mich daran gewöhnt, dass flippige Typen sich in der Regel großer Beliebtheit erfreuen. Schräge Vögel, die das Leben leicht nehmen; originelle Ohrringträger, lustig bis zum Anschlag – solchen Leuten fliegen die Herzen zu. Seriöse, besonnene Geister wie ich hingegen, die stets auch das Ende bedenken, gelten gern als griesgrämige Spaßbremsen und graue Spießerexistenzen. Mir ist das völlig wurscht. In der Regel leben die fröhlich-flippigen Vögel, die sich selbst so blendend verkaufen, nämlich ganz gut auf unsere Kosten. Spießertum makes the world go 'round. Die Welt liebt Ernie. Soll sie doch. Ich bin Bert!

So dachte ich, als ich jetzt in der Stadtbahn saß. Hinter meiner Zeitung tummelten sich ein paar Jugendliche, und alle drängten sich um einen Typ mit Sonnenbrille und großer Klappe. Man brauchte nicht viel Fantasie, um zu ahnen, dass er der beste Kicker, der coolste Tänzer und der trinkfesteste Säufer der Clique war. Der Mädchenschwarm. Der Rädelsführer. Solche Windhunde gab es schon zu meiner Schulzeit, und es wird sie wohl geben, solange die Welt sich dreht. Unter der Erde, zwischen Altenbekener Damm und Geibelstraße, hielt er Hof mit seinem aufgeknöpften Hemd. Wenn er Witze riss, lachten alle. Und wenn er seinerseits jemandem zwei Sätze lang zuhörte, war es eine Gnade.

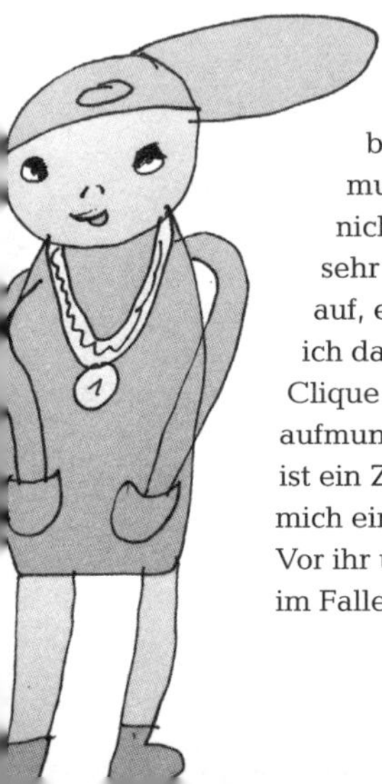

Dann stiegen SIE ein. Typen, die nicht so aussahen, als sollte man mit ihnen Händel beginnen. Und zu meiner großen Freude fragten sie nach den Fahrkarten. Aufmerksam beobachtete ich, wie der Windhund in Schnappatmung verfiel. Alle hatten etwas zum Vorzeigen – er nicht. Die Stimmung seiner Entourage war plötzlich sehr verhalten. Die Kontrolleure bauten sich vor ihm auf, einer machte sich Notizen. Beim Aussteigen ging ich dann extra langsam an der nun sehr schweigsamen Clique vorbei. Ich verzichtete darauf, dem Windhund aufmunternd auf die Schulter zu klopfen. Überheblichkeit ist ein Zeichen mangelnder Demut. Gleichwohl überkam mich ein Gefühl tiefer Dankbarkeit gegenüber der Üstra. Vor ihr und vor dem Tod sind alle Menschen gleich. Doch im Falle der Üstra hat man schon im Diesseits was davon.

DIE BOTSCHAFT

Manchmal, besonders im Herbst, wenn der Wind das welke Laub über die düsteren Straßen weht, überkommt mich der Drang, der Nachwelt etwas hinterlassen zu wollen. Ich will dann denen, die später kommen, etwas zurufen. Etwas Feierliches, Bleibendes. Eine Botschaft, vorgetragen in dem Tonfall, in dem Staatsmänner die Republik ausrufen. Leider weiß ich dann aber nie so recht, woraus mein geistiges Vermächtnis eigentlich bestehen soll. Meistens esse ich dann etwas Schokolade, und bald geht es wieder.

Otto K. und Franz Sch. waren da weniger zögerlich, und so hat uns jetzt eine Wortmeldung aus der Vergangenheit erreicht. Sie kommt aus dem Lokal Kö 38 am Kötnerholzweg. Vor mehr als 45 Jahren hatten die beiden bei Umbauarbeiten in einem entlegenen Winkel der Kneipe ein Exemplar der HAZ vom 16. Januar 1965 deponiert, wie Handwerker das gelegentlich tun. Jetzt ist es wieder aufgetaucht, kleinformatig und vergilbt. Der Leser Lutz U. hat es gefunden.

Auf der ersten Seite sagt ein SPD-Politiker, man müsse in Sachen Oder-Neiße-Grenze „um jeden Quadratmeter deutschen Bodens“ ringen. „Churchill schwer erkrankt“, heißt es in einer Meldung darunter. Und unser geschätzter Kollege Klaus Partzsch hat zu der Ausgabe den launigen Artikel „Wie man Deutscher wird“ über das Thema Integration beigesteuert. Er berichtet, dass beim Ordnungsamt jährlich hundert Anträge auf Einbürgerung gestellt würden. Alles an diesem unverhofften Gruß aus den Sechzigern schien mir fremd. Nur die Todesanzeigen sahen aus wie Todesanzeigen. So vergänglich ist alles Vergängliche, seufzte ich melancholisch in den Herbstwind hinein. Und so beständig ist der Tod.

Dann entdeckte ich den Zettel, den Otto K. und Franz Sch. zur Zeitung gelegt hatten. Ich entdeckte ihre Botschaft für die Nachwelt. Die Flaschenpost sozusagen, die sie ins Dunkel jener Zukunft geworfen hatten, die unsere Gegenwart ist. Ich war gerührt. Dann las ich. „Dieses Lokal wurde umgebaut in einer ganz beschissenen Zeit“, stand da. „Wenn Ihr mal wieder umbaut, macht es bitte besser.“ In diesem Moment wusste ich, was wirklich Bestand hat im Leben. Nämlich die Hoffnung, dass alles schon werden wird, jedenfalls vielleicht. Und die schlechte Laune unzufriedener Handwerker.

WAFFENSCHWESTERN

Unsere Nachbarn lehnen Kriegsspielzeug ab. Ihre Söhne wachsen mit handbemalten Holzpferdchen auf, geschnitzt von fair bezahlten tibetischen Wandermönchen aus dem Holze bei Neumond geschlagener Eichen. Man kann ja auch gar nichts dagegen sagen. Krieg ist schwer vermittelbar, aufgrund unserer Geschichte und so. Nur gelegentlich weise ich sie ganz vorsichtig darauf hin, wie drohend ihre Söhne oft die Hockeyschläger schwingen, während meine Kinder ganz verantwortungsvoll mit ihren Weltraumwaffen Wachdienst am Hoftor schieben.

„Kommt", sprach ich kürzlich zu meinen drei Töchtern, „wir machen einen Ausflug in Vaters Vergangenheit." Die Erstgeborene verdrehte die Augen, als gäbe es Fischsuppe. „Muss ich mit?", fragte sie genervt. Sie musste. Der Familienausflug führte ins Garnisonsstädtchen M. in der Lüneburger H., wo ich vor vielen Jahren dem Vaterland gedient habe. Vor der Kaserne, vor dem großen Tor, überfiel mich die Neugier. Und wir begehrten Einlass.

In der Kaserne schien alles wie früher. Bedingt abwehrbereit rotteten die Panzer vor sich hin. Ein freundlicher Unteroffizier führte uns durch meinen alten Block. „Wie müffelt's denn hier?!", rümpfte das Mittelkind die Nase. Für mich roch es nicht nach Schweiß und Putzmittel. Für mich roch es nach meiner Jugend und Kameradschaft unter ganzen Kerlen und höchstens ganz am Rande auch nach dem übellaunigen Feldwebel Krapotschnick.

Meine Töchter zeigten sich mäßig interessiert. „Wo iss'n hier das Klo?", fragte das Nesthäkchen den Unteroffizier. Beim Betreten fremder Gebäude muss es eigentlich prinzipiell pieseln. „Damentoilette, hier drüben", sagte er. Ich nahm zur Kenntnis, dass es in meiner Kompanie inzwischen eine Damentoilette gab. „Habt ihr denn viele … Kameradinnen?", fragte ich. Er zählte an den Fingern ab: „Vier, sechs … und Feldwebel Öztürk ist gerade in Mutterschutz."

Ich schluckte. Feldwebel Öztürk. In Mutterschutz. Einen Moment lang malte ich mir aus, dass auch meine Töchter einmal in Grünzeug und mit Gestrüpp auf dem Stahlhelm durch den Wald laufen könnten, bis sie zu Feldwebel Öztürk in Mutterschutz gingen. Doch eigentlich bin ich sicher: Die Landesverteidigung übernehmen eher die Nachbarjungs. Die mit den Hockeyschlägern.

DEUTSCHLAND PRIVAT

Ich persönlich mag es gar nicht, den Urlaub nichtsnutzig in Schwimmbecken oder Freizeitparks zu vertrödeln. Schließlich bildet nichts so sehr wie eine gepflegte Studienreise. Auch meine Kinder profitieren davon. In diesen Herbstferien stand das politische Berlin auf dem Programm. Zwischen Reichstag und Mauerresten hielt ich meinen drei Töchtern interessante kurze Vorträge über Parlamentarismus und unsere freiheitliche demokratische Grundordnung. Sie wissen es noch nicht, aber eines Tages werden sie mir dankbar dafür sein.

Wir gingen aufs Brandenburger Tor zu, als Polizisten uns aufhielten. „Moment mal!“, sagte einer von ihnen und sperrte mit seinen Kollegen den Gehweg ab. Und als käme er aus dem Nichts, schritt plötzlich der Bundespräsident höchstselbst an uns vorbei. Der Bundespräsident! Patriotische Feierlichkeit durchströmte mich. Dort ging Deutschland, weißhaarig und im dunklen Mantel. Und dann kam Deutschland direkt auf uns zu! Der Bundespräsident beugte sich zu meinen Töchtern hinab, schüttelte alle ihre Hände gleichzeitig und sagte: „Hallo, hallo!“ „Hallo!“, antworteten die drei mit einer Stimme. Dann ging der Bundespräsident weiter, andere Hände schütteln. Ich möchte sagen, es war ein kurzer, informeller Gedankenaustausch in freundschaftlicher, konstruktiver Atmosphäre.

Mein Nesthäkchen fing sich als Erste wieder. „Was wollte denn der alte Mann von uns?!“, fragte es, als hätte dieser es zum sofortigen Verzehr eines Tellers Spargel mit Spinat aufgefordert. Die Erstgeborene verdrehte die Augen. „Oh, Mann! Das war doch Joachim Gauck!“, sagte sie von der Höhe ihrer neunjährigen Lebenserfahrung herab. „Der Mann von Angelika Merkel also“, ergänzte das Mittelkind so weltmännisch, wie man das als Hannoveraner in Berlin eben kann. Dieser Name brachte im Nesthäkchen eine Saite zum Schwingen. „Das stärkste Mädchen der Welt!“, sagte es selig und summte die Melodie von Pippi Langstrumpf. Ich aber fühlte mich im Bestreben bestätigt, den Kindern schon früh die ganz großen Themen nahezubringen. Im Sommer geht's jetzt nach Rom. Ich und der Papst haben da so einiges zu klären.

Gauck trifft meine Kinder – und keiner der vier weiß, wen er da vor sich hat.

OLLE SCHATEKEN

Es gibt nichts Neues unter der Sonne. Das sagt sich natürlich leicht so dahin. Aber ich weiß das jetzt aus eigener Erfahrung. Und zwar, weil ich mich in einem familieninternen Disput nicht durchsetzen konnte. Ich war der Meinung, der Dachboden sei das heilige, unantastbare Gedächtnis eines Hauses, und dort aufzuräumen sei ein Sakrileg. Meine Frau und unsere drei Töchter hingegen sind da sehr unsentimental. Und so nutzten wir die Herbstferien, um das Erbe mehrerer Generationen zu entrümpeln.

Schweren Herzens schleppte ich wurmstichige Bilderrahmen und mottenzerfressene Bettbezüge in den Müll. Man kann sagen, ich opferte ein Stück Familiengeschichte auf dem Altar schnöder Ordnungsliebe. Die Kinder standen daneben und halfen vor allem mit aufmunternden Kommentaren. Anfangs.

Dann wurde die Erstgeborene im Gerümpel fündig. „Och, guckt mal, die Juwelen da kann ich super gebrauchen", sagte sie und hängte sich eine alte Kette aus Plastikperlen um den Hals. Das Mittelkind probierte inzwischen die Ritterrüstung an, die mir am Rosenmontag 1978 gute Dienste geleistet hatte und dann dem Vergessen anheimgefallen war. Und das Nesthäkchen fing an, mit dem Taschenmesser zu schnitzen, das Onkel Hermann irgendwann in den Goldenen Zwanzigern billig erstanden hatte. Schließlich schleppten sie diverse Schätze in ihre Zimmer. Und fingen dort ihrerseits an, Raum für die reiche Beute zu schaffen.

Nach einiger Zeit kamen sie mir auf der Treppe entgegen. Ich trug vergilbte Taschenbücher nach unten, sie trugen ausrangierte Spielsachen nach oben. „Auf dem Dachboden ist doch jetzt genug Platz", sagten sie. Doch das mit dem Platz blieb nicht lange so. Am Ende war der Dachboden wieder voll. Das Gedächtnis unseres Hauses hatte nur eine Frischzellenkur bekommen. Ich bin mir sicher, dass irgendjemand den neuen Ramsch dort oben irgendwann finden wird. Die ollen Schateken von heute werden dann Perlen der Vergangenheit sein. Es gibt nämlich nichts Neues unter der Sonne. Nur ein periodisches Wiederentdecken des Vergessenen.

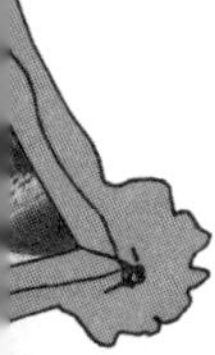

FÜRST DER FINSTERNIS

Ich persönlich möchte an dieser Stelle noch einmal feierlich erklären, dass ich Halloween ablehne. Ich finde, Kinder sollten nicht am Welttag der hohlen Kürbisse durch die Straßen irren, kostümiert als Zombies oder Monster, und friedliche Menschen mit Drohungen wie „Süßes oder Saures!“ erpressen. Ich durchschaue nämlich, dass dieses ganze Plastikfest eine einzige Mischung aus amerikanischem Kulturimperialismus und Kommerzialisierung der Kindheit ist.

So.

„Wenn sie bei uns klingeln – ich gebe nichts“, verkündete ich jetzt beim Frühstück entschlossen. Meine drei Töchter blickten sich vielsagend an. Die Angst vorm Eklat stand ihnen ins Gesicht geschrieben. „Und wenn wir die Kinder kennen?“, fragte die Erstgeborene besorgt. „Keinen einzigen Bonbon!“, grantelte ich. Natürlich wusste ich, dass ich doch allen etwas geben würde. Erstens können die Kinder ja nichts dafür, und zweitens bin ich selbst ein Ausbund an Güte. Im Moment aber genoss ich meine Rolle als Hardliner. „Und was sagst du ihnen?“, fragte das Mittelkind. „Dass sie zum Mattenmähren-Singen wiederkommen sollen“, antwortete ich, „an Luthers Geburtstag oder am Tag danach, St. Martin, 11. November.“ Dann summte ich das Lied an: „... wir wollen noch nach Bremen gehn ...“

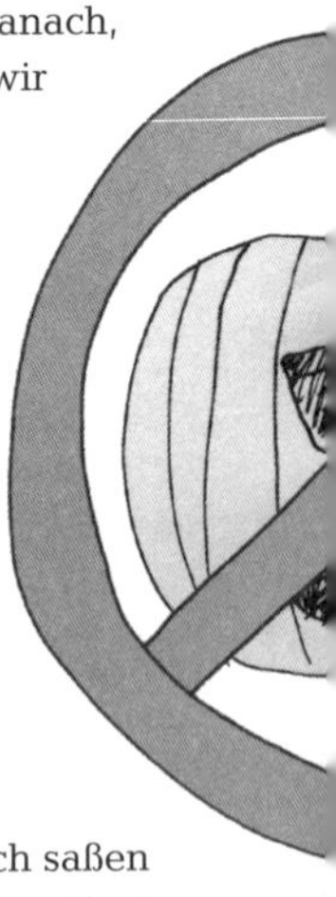

In diesem Moment klingelte es. Das Nesthäkchen zuckte ahnungsvoll zusammen. „Na warte, denen werde ich was erzählen!“, schimpfte ich und sprang auf. Die Kinder duckten sich verschämt in der Küche und lauschten hinaus zur Haustür. Dort stand der Nachbar, der ein Paket abholen wollte. Ich bedeutete ihm zu schweigen. „Schert euch weg, wir geben nichts!“, rief ich Richtung Küchentür, während ich ihm das Paket gab. „Kommt gefälligst übernächste Woche wieder, und dann will ich Laternen sehen und Mattenmähren-Lieder hören!“

Der Nachbar zwinkerte, ich ging zurück in die Küche. Am Tisch saßen meine drei Töchter. Vorwurfsvolles Schweigen erfüllte den Raum. Und sechs Augen sahen mich an, als sei ich der Fürst der Finsternis.

HALLOWEEN KOMMT NICHTS IN DIE TÜTE

Wir saßen am Frühstückstisch, und meine Erstgeborene stellte eine ziemlich grundsätzliche Frage: „Warum feiern wir eigentlich nie Halloween?" Es sind Ferien, ich konnte mir für meine Ausführungen also Zeit nehmen. Zum wiederholten Male erklärte ich, warum ich unermüdlich gegen dieses importierte Plastikfest kämpfe, leider auch innerfamiliär. In meinen Augen ist es ein Sprung in den pädagogischen Abgrund, wenn wir unseren Kindern beibringen, dass es sich rentiert, andere Leute maskiert zu erpressen („Süßes oder Saures!").

Das Mittelkind hakte nach: „Aber Mattenmähren-Singen dürfen wir?" Ich erklärte, dass das gute, alte Martinssingen praktisch aufsuchende Sozialarbeit ist: Kinder machen Nachbarn mit einem Ständchen Pläsier und bitten im Gedenken an den Mantelteiler Martin oder an den wackeren Luther – Schokolade macht ökumenisch – um einen bescheidenen Künstlerlohn. „Heute gehen aber viel mehr Kinder Halloween", insistierte das Nesthäkchen. Ich blieb hart. Ich bin durchaus ein aufgeschlossener Geist. Ich habe gar nichts gegen neue Ideen. Man sollte aber schon wissen, was man aufgibt und was man dafür bekommt. Ich weiß das, weil es im vergangenen Jahr bei uns unerwartet klingelte.

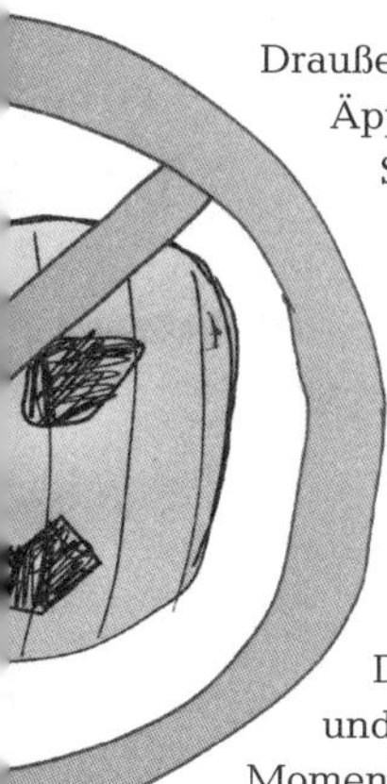

Draußen standen Kinder mit Tüten: „Matten-, Mattenmähren, die Äppel und die Beern ..." Ich errötete. Ausgerechnet ich hatte Sankt Martin vergessen. Meine Frau war fort, und ich habe keine Ahnung, wo bei uns die Süßigkeiten sind. Also hastete ich durchs Haus, kramte in Schubladen – und kehrte mit leeren Händen zur Haustür zurück. „Tut mir leid. Ich kann euch nichts geben. Ich hab' nichts", sagte ich zerknirscht.

Die Kinder blickten sich an. Dann öffneten sie ihre Tüten. „Hier", sagten sie, „nehmen Sie sich was raus. Dann haben Sie was für die, die nach uns klingeln." Scham und Rührung rangen in meiner Brust miteinander. In diesem Moment war ich der Bettler, und vor mir stand der Geist von Sankt Martin. Ich entschied mich für drei Lollis und dankte in Demut. Wie gesagt, ich bin ein großer Freund jeglichen Fortschritts. Aber das soll die Halloween-Fraktion erst mal nachmachen.

WO DIE QUEEN IHRE WÄSCHE WÄSCHT

Reisen bildet ja ungemein. Und so hielt ich es für meine väterliche Pflicht, in den Herbstferien mit meinen drei Töchtern in London diverse Stationen ihres Englischbuches abzuklappern. Wir hörten Big Ben und sahen den Tower. „Jetzt sind wir schon im Vorgarten der Queen", sagte ich, als wir durch den St. James's Park zum Buckingham Palace gingen. Bei längeren Fußmärschen hält man junge Leute erfahrungsgemäß bei der Stange, indem man Spannungsbögen aufbaut. Die Jüngste sah sich mit ihrem ausgeprägten Sinn fürs Praktische in diesem Vorgarten um. „Wo hängt die Queen hier eigentlich ihre Wäsche auf?", fragte sie dann.

Die Erstgeborene schlug sich voll Gram über so viel Naivität die flache Hand vor die Stirn. „O Mann, die Queen hängt doch keine Wäsche auf", stöhnte sie. „Nee", erklärte die Mittlere, „das machen Kate und William für sie, und die haben unter Garantie einen Trockner im Keller." Ich schaltete mich ein: „In so einem Palast gibt es viele Diener und Soldaten, die ..." Meine Jüngste verstand prompt. „Ach so, dann waschen die Soldaten die Wäsche für die Queen", sagte sie zufrieden. „Ja, so ungefähr", sagte ich. Pädagogen nennen es „didaktische Reduktion", wenn man einen komplexen Sachverhalt so vereinfacht, dass wenigstens ein bisschen was hängen bleibt.

In diesem Moment tauchten im Londoner Nebel zwei lebende Zinnsoldaten vorm Palast auf. Sie paradierten hektisch hin und her und blinzelten durch die Fransen ihrer turmhohen Bärenfellmützen. „Die waschen ja gar keine Wäsche", sagte die Jüngste enttäuscht. Die Erstgeborene tröstete sie. „Sicher sind sie auf dem Weg zur Waschmaschine", sagte sie. „Dann steckt die Wäsche wohl unter der Mütze", ergänzte die Jüngste. Niemand nahm ihr den Triumph der Erkenntnis.

Wenn man ehrlich ist, blieben die großen Fragen der Monarchie an diesem Tag unbeantwortet. Zum Beispiel, wo die Queen wirklich wäscht und wessen Schlüpfer unter den Fellmützen stecken. Aber das macht nichts. „Das Mysterium ist das eigentliche Leben des Königtums", schrieb der britische Gelehrte Walter Bagehot, „wir dürfen kein Tageslicht eindringen lassen in seine Magie." Das war 1867. Aber weil Reisen ja so ungemein bildet, weiß ich: Das gilt noch heute.

9. NOVEMBER

Lange Autofahrten sind bekanntlich pädagogisch besonders anspruchsvoll. Der Belastungsindex errechnet sich dabei nach der Faustformel „Strecke in Kilometer geteilt durch Durchschnittsalter der Kinder". An diesem Tag waren die Strecke weit, die Kinder jung, und der Index war hoch. Gern verkürze ich dann die Zeit mit Lügenmärchen. Ich entstelle altbekannte Geschichten, und die Kinder müssen den Fehler finden: „... und dann schaute aus dem Pfefferkuchenhaus eine gute Fee ..." „Lüge!" Oder: „Im Wald traf Rotkäppchen dann eine Giraffe ..." „Lüge!" Aber derzeit blickt die Nation zurück, und so stand auch mir bei dieser Autofahrt der Sinn eher danach, vaterländische Geschichte kindgerecht aufzubereiten.

„Also, früher war Deutschland geteilt", hob ich an. „Die Bestimmer im blöderen Teil wollten nicht, dass die Leute einfach so hin- und hergehen können, und bauten eine lange Mauer durch das ganze Land." „Lüge!", riefen meine drei Töchter. „Nein, nein!", sagte ich. „Wäre, sagen wir mal, Onkel Burkhart aus Leipzig damals nach Laatzen gefahren, hätten sie ihn unterwegs erschossen." „Lüge!" „Doch, echt! Es sei denn, er wäre schon Rentner gewesen. Rentner wurden nicht erschossen, sondern bekamen 100 Mark, wenn sie da waren." „Lüge!" „Doch, echt! Bis eines Tages alle Hunger auf Bananen bekamen und Kerzen anzündeten. Da ging die Mauer weg, und alle durften wie Rentner sein!" „Lüüüge!", sagte die Erstgeborene. „Was heißt ‚Mark'?", fragte das Mittelkind. „Ich will zu Onkel Burkhart! Jetzt! Jetzt!! Jetzt!!!", forderte das Nesthäkchen.

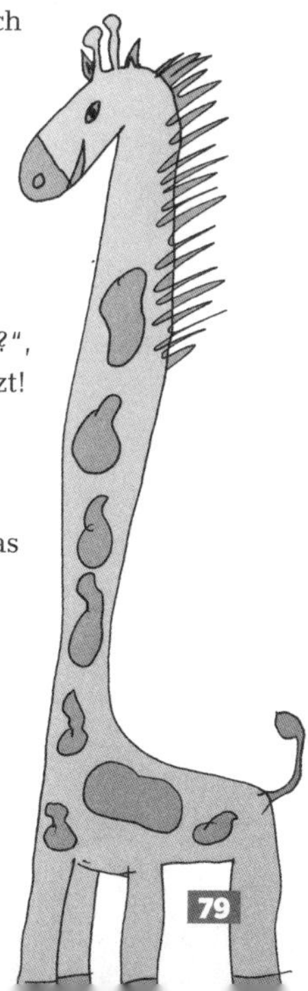

Die Autofahrt wurde dann doch noch sehr, sehr lang. Aber auf die Frage, ob wir etwas lernen können aus der Geschichte oder aus einer langen Autofahrt, habe ich an diesem Tag eine Antwort gefunden. Ich weiß jetzt, dass die Vorstellung, Rotkäppchen könnte im Wald eine Giraffe treffen, gar nicht so absurd ist.

EINE SAMMLUNG FÜR DIE EWIGKEIT

Weiß der Teufel, wie das mumifizierte Seepferdchen auf unseren Dachboden kam. Es ist mir auch egal. Ich hatte zu ihm keine emotionale Beziehung, darum konnte ich mich leichthin von ihm trennen. Das war anders bei meinen alten „Zack Parade"-Comics. Oder bei den „Räuber Hotzenplotz"-LPs. Und bei vielen anderen Relikten aus meiner Kindheit, die jetzt beim Entrümpeln wieder auftauchten, um sofort in den großen, grauen Sack zu wandern, der alles gleich macht. Als hätten sie all die Jahre nur zu diesem Zwecke hier gelegen, schlossen all die Teddybären und Taschenbücher in mir noch einmal einen Kosmos der Erinnerungen auf – und voller Wehmut musste ich die gerade wiederentdeckten Schätze schon wieder von mir stoßen. Für immer.

Am meisten trauerte ich um meine Zigarettenschachtelsammlung. Alle in meiner Klasse sammelten Anfang der Achtziger Zigarettenschachteln. Meine Kollektion war die schönste, dank der bunten chinesischen Shuang-Toufeng-Packung. Ich besaß sozusagen die blaue Mauritius. Jetzt hielt ich sie auf dem Dachboden in den Händen. Vielleicht gab es ja irgendwo auf der Welt jemanden, der Verwendung für sie hätte, dachte ich. Doch der Zigarettenschachtelmarkt soll unübersichtlich geworden sein in den vergangenen 30 Jahren. Und so riss ich mir meine Sammlung aus dem Herzen. „Alles, was entsteht, ist wert, dass es zugrunde geht", seufzte ich, als ich sie in den Sack stopfte. Große Momente erfordern große Dichterworte.

Am Abend brachte ich meine drei Töchter ins Bett. Und als mein Blick zufällig auf den Nachttisch fiel, lag sie dort. Meine Shuang-Toufeng-Packung. Sie hatten sie in einem unbeobachteten Moment aus dem Sack gezogen. „Wir sammeln jetzt Zigarettenschachteln", erklärten sie mir. Warme Tränen stiegen mir in die Augen. Als hätte eine segnende Hand es gefügt, hatten sie ausgerechnet die blaue Mauritius gerettet. Ich bin guter Hoffnung, dass diese nun der Grundstock einer neuen, glanzvollen Sammlung wird, die meine Töchter ganz in meinem Geiste ausbauen und mehren werden. Wie sagt der Dichter? Was du ererbst von deinen Vätern, erwirb es, um es zu besitzen.

LEUCHTTÜRME FÜRS LEBEN

Meine mannigfaltigen beruflichen Verpflichtungen lassen mir selten Zeit, meiner Familie die nötige erzieherische Aufmerksamkeit zu schenken. Ich bin da häufig gezwungen, den Stoff zu komprimieren und in aller Kürze mit einem gewissen Nachdruck zu vermitteln. Wenn ich dann rüberkomme wie ein Feldwebel beim Stubendurchgang, bedauert das keiner so sehr wie ich selbst.

Ich kam abends heim, und der Flur glich einem Wimmelbuch. Jacken, Stiefel, Obstreste – ein Bild des Grauens. Es ist immer eine große Kraftanstrengung, binnen weniger Minuten die Versäumnisse eines ganzen Tages aufzuarbeiten. Insbesondere, wenn der Rest der Familie den Haushalt als etwas Organisches betrachtet, das ständig im Fluss ist und keine ordnende Hand braucht. Doch ich stellte mich der Herausforderung. „Warum hängen die Jacken nicht am Haken?“, rief ich. „Und wem gehören die Schuhe hier?“ Wenn man mit vier jungen Damen zwischen sieben und 38 Jahren zusammenlebt, kann man unmöglich im Kopf haben, wem welche Schuhe gehören.

Meine Erstgeborene tauchte als Erste auf. Sie musterte mich wie einen Eindringling. „Mir nicht“, sagte sie und verschwand. Das Mittelkind konnte nicht schnell genug fliehen. Augenrollend trug es widerwillig eine Mütze zum Haken. Ich hätte das natürlich auch selbst tun können. Aber erstens weiß ich nicht, wo genau die Sachen bei uns ihren Platz haben; ich bin ja meist fort. Zweitens bin ich der festen Überzeugung, dass derjenige den Kram wegräumen soll, der ihn hingeschmissen hat. Und drittens kann ich mich nicht um alles kümmern. Wir Väter haben es nämlich auch nicht leicht. Ständig müssen wir Wegweiser sein. Wertevermittler. Leuchttürme fürs Leben. Und keiner dankt es uns.

Schließlich erschien das Nesthäkchen. „Was'n hier los?“, fragte es. „Papa stört!“, sagte das Mittelkind genervt. Das ist wohl meine Bestimmung. Ich bleibe ein unbequemer Mahner!

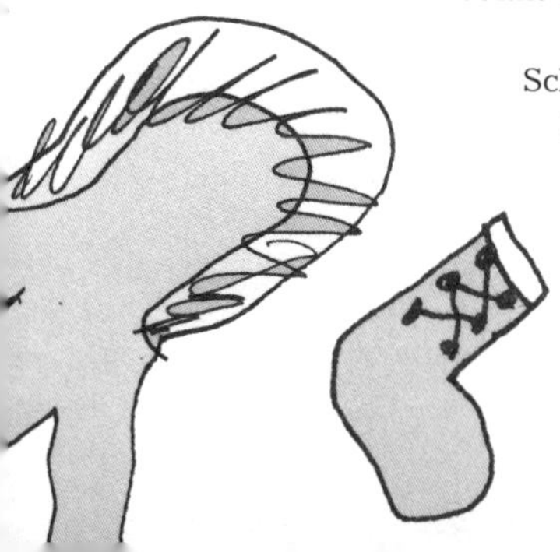

VOM GEFÄHRT ZUM GEFÄHRTEN

Wenn die Kinder ein gewisses Alter erreicht haben, ist ein Vater vor allem als Chauffeur gefragt. Handball, Klavier, Karate – das Leben ist dann ein ewiger, schicksalhafter Kreis aus Hinbringen und Abholen. Neuerdings aber lassen sich meine Töchter gern diskret an Seitenstraßen absetzen. Als ich sie jetzt darauf ansprach, schaute meine Erstgeborene düster drein: „Mit deiner Schrottkiste muss man sich ja schämen."

Ich wies ganz sachlich darauf hin, dass mein Golf zwar Rostlöcher hat, aber erst 21 Jahre alt und somit deutlich jünger ist als ich selbst. „Es regnet aber rein!", meckerten die Mittelkinder. Tatsächlich ist das Loch im Cabrioverdeck inzwischen so groß, dass man problemlos einen Säugling hindurchreichen kann. Unser Nesthäkchen weiß, wovon ich rede. Kühl wies ich darauf hin, dass eingesickertes Wasser durch einen derart großen Riss auch problemlos wieder verdunsten kann: „Da herrscht ein ganz gesundes Binnenklima." Doch die Kinder zogen augenrollend ab – und ich umrundete nachdenklich mein Auto.

Die Zulassungsplakette war noch vom „Landkreis Hannover" ausgestellt, der längst untergegangen ist, wie Atlantis oder die K.-u.-k.-Monarchie. Anfangs sind Autos noch seelenlos, dachte ich. Erst über die Jahre wandeln sie sich vom Gefährt zum Gefährten. Meinen Golf habe ich dabei immer fester ins Herz geschlossen, obwohl sein körperlicher Verfall unaufhaltsam voranschritt. Inzwischen rutscht die Kupplung, der Auspuff röhrt, die Lüftung streikt, und das Getriebe knackt wie das Kniegelenk eines abgehalfterten sowjetischen Spitzensportlers. Seit der erste Gang verloren gegangen ist, bin ich der Einzige, der das Auto überhaupt noch vom Fleck bewegen kann. Ich schließe es auch schon lange nicht mehr ab: Wer es nötig hat, aus diesem Wagen etwas zu stehlen, muss so bitterarm sein, dass ich ihm seine Beute von Herzen gönne.

Schweren Herzens fuhr ich jetzt gleichwohl zum Schrotthändler. Er sah sich den Wagen genau an. „Da is' doch das Schönste noch nich' von", gnickerte der unrasierte Kerl respektlos. Ich düste wieder vom Hof. Um den Tank noch leer zu fahren. Aus ökologischen Gründen. Aber ich dachte bei mir: Es gibt doch Menschen, die haben weniger Charakter als manches Auto.

EIN SONNTAG FÜR DIE EWIGKEIT

Der Pastor hatte es eilig. Er huschte hektisch über die Straße. „Muss noch die Predigt machen", rief er mit verkniffener Miene. Drei Tage vorm Sonntag kommt man da als Geistlicher natürlich in Schweiß. Man muss dann schon langsam anfangen, Bibelstellen zu wälzen, den griechischen Urtext zu konsultieren, man muss bei Luther und Bonhoeffer nachschlagen, ein wenig mit Gott ringen und hadern, und am Ende muss man das Ganze auch noch lebensnah auf achteinhalb Minuten zusammenfassen.

„Na, denn wünsche ich schönen Totensonntag!", rief ich – und wurde sofort rot. Wünscht man sich so etwas? Oder ist ein „schöner Totensonntag" so etwas wie eine „angenehme Blinddarmoperation"? Wer will da schon pietätlos sein! Prompt blieb der Pastor stehen. Er schien plötzlich Zeit zu haben. „Das heißt nicht mehr Totensonntag", sagte er und tippte mir mit dem Finger auf die Brust. „Das heißt jetzt Ewigkeitssonntag." Dann hielt er mir ein kleines Referat, und als er ging, hatte ich das Gefühl, dass er seine Predigt jetzt im Grunde fertig hatte.

Daheim schlug ich nach. Heutzutage feiern Katholiken am Totensonntag den „Christkönigssonntag" und Protestanten den „Ewigkeitssonntag". Das klingt gleich viel freundlicher. Nicht so endgültig irgendwie. Als hätten sich ein paar hoch bezahlte Werbeleute noch mal über das Branding des Totensonntags gebeugt und dann gesagt: „Wir müssen da was Positives bringen, was Frisches und Lebensbejahendes."

Der Totensonntag hat nur in den Spalten der Taschenkalender überlebt. Ansonsten ist er dahingeschieden. Gefällt vom grimmen Schnitter Zeitgeist. Heute wissen ja alle, dass Sprache den Blick auf die Welt verändert und dass es Menschen zu besseren Menschen macht, wenn sie sensibel ihre Worte wägen. Den Feministinnen ist für ihr Engagement auf diesem Feld sehr zu danken, den Integrationsbeauftragten auch. Wenn der Pastor einmal mehr Zeit hat, werde ich das mit ihm erörtern. Ich glaube, der Ewigkeitssonntag ist der Migrationshintergrund des Protestantismus.

DIE BIERKAPUZEN, GOETHE UND ICH

Heutzutage wird ja die größte Dumpfbacke prominent, wenn sie was mit einem Prominenten anfängt. Prominenz ist praktisch ansteckend, und man kann sogar davon leben. Exfrau von Lothar Matthäus – das ist im Grunde ein Lehrberuf. Aber sage niemand, früher sei alles besser gewesen. Früher war alles noch viel schlimmer. Da wurde man schon prominent, weil man nichts mit einem Prominenten anfing. Die prominenteste aller Frauen, die jemals nichts mit Goethe anfing, hieß Charlotte Kestner. Und genau zu der wollte ich.

Ich ging über den Gartenfriedhof an der Marienstraße, und Charlottes Grab zu suchen war mein Sinn. Herbstlaub umwehte kalt die Grüfte, und späte Nebel drehten sich zwischen den Bäumen. Über seine unerfüllte Liebe zu der Frau, die hier irgendwo liegen musste, soll Goethe ja angeblich ein ganzes Buch geschrieben haben. Einen einzigen verschämten Kuss hat sie ihm wohl gewährt, aber für einen so großen Geist wie Goethe war das praktisch nichts.

Natürlich lernt jeder Germanist den Weg zu Lottes Grab gleich im ersten Semester. Nur ich fand ihn nicht. Und dann waren da im Nebel diese sechs Gestalten. Sie saßen auf der Rückenlehne einer Parkbank, die Kapuzen bis zu den gepiercten Unterlippen über den Kopf gezogen. Jeder hatte eine Flasche Bier in der Hand. Ich wollte möglichst unauffällig vorbeigehen, da sprachen sie mich an: „Suchen Se wen?" Ich schluckte. „Charlotte Kestner", sagte ich leise und ohne auf Antwort zu hoffen. Doch sechs Arme streckten sich, sechs Bierflaschen wiesen nach Westen, sechs raue Stimmen sprachen zugleich: „Die is' da drüben!"

Das Grab war dann eher enttäuschend. Wirklich beeindruckt haben mich bei diesem Friedhofsbesuch nur die sechs Bierkapuzen. Sie hatten Goethes Lotte so umstandslos in ihren Kreis aufgenommen, als wäre sie immer eine der Ihren gewesen. Ganz der Geist der Goethezeit, dachte ich, als ich nickend an ihnen vorbeiging.
„Na, war se da?", fragten die sechs. „Jau", sagte ich.

Zu gern würde ich wissen, wie es in 250 Jahren am Grab von Liliana Matthäus so zugeht.

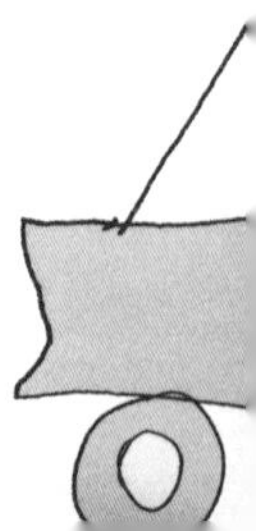

DAS TAXI

Ich habe Ehrfurcht vor schneeweißen Haaren. Einerseits, weil ich selbst langsam ergraue. Und andererseits, weil ich ein guter Mensch bin, der möchte, dass wir alle uns mit jener Wärme und Anteilnahme begegnen, die menschliches Zusammenleben erst möglich machen.

Das Konzert war zu Ende, und wir Besucher schoben als Pulk aufs Rudolf-von-Bennigsen-Ufer hinaus. Der alte Herr neben mir sah verloren aus. „Ach, wie bekomme ich jetzt nur ein Taxi?", fragte er hilflos. „Lassen Sie nur", sagte ich und zückte mein Handy. Wir, die wir an der Speerspitze des technischen Fortschritts stehen, müssen den Altvordern eben manchmal etwas zurückgeben. Binnen Sekunden war ich in der Warteschleife der Taxizentrale. Sie spielten mir Musik vor und sagten etwas vom „nächsten freien Platz" oder so. „Das haben wir gleich", nickte ich dem Herrn zu. Ich spürte, wie schön es ist, Gutes zu tun. Den Schwachen gesellschaftliche Teilhabe zu ermöglichen. Dem Beispiel von Mutter Teresa zu folgen. Dann spielte die Musik weiter. Und weiter. Und weiter. Die Zeit kroch allmählich sehr langsam dahin.

„Moment noch", sagte ich so souverän wie möglich. Den Spruch vom „nächsten freien Platz" hörte ich jetzt schon zum sechsten Mal. Ich vermied es inzwischen, den alten Herrn anzusehen. Die Warterei war peinlich. Endlich meldete sich eine Frau. „Ich hätte gern ein Taxi", sagte ich mit Nachdruck. „Auf welchen Namen?"

Ich suchte den alten Mann, doch jetzt fand ich ihn im Pulk nicht wieder. „Ich … ich weiß nicht", sagte ich. „Ach", sagte sie, als sei es ganz selbstverständlich, dass jemand seinen Namen nicht wusste. „Und wohin?" Gern hätte ich den Mann gefragt, wohin er denn wollte, aber ich sah ihn nirgends. „Keine Ahnung", gestand ich. „Von wo rufen Sie denn an?", fragte sie. „Vom Konzert", sagte ich abwesend. Gerade sah ich, wie der alte Herr sich rüstig in ein Taxi schwang. „Ich glaube, Sie haben mir schon sehr geholfen", sagte ich der Frau. „Gern geschehen", erwiderte sie hilfsbereit. Und ich wette, sie fühlte sich Wunder wie sozial in dem Moment.

ALLES IN UNORDNUNG

Abends drehe ich gern eine kleine Runde durchs Haus und kontrolliere das Tagwerk meiner drei Töchter. An diesem Abend war das Zimmer der Erstgeborenen in einem beklagenswerten Zustand. Zwischen Bergen von Socken und Essensresten fragte ich mich, ob wir nicht vielleicht professionelle Hilfe bräuchten; vom Jugendamt oder zumindest vom Abfallwirtschaftsbetrieb. Meine Töchter haben zur Ordnung nämlich ein Verhältnis wie der Satan zum Kruzifix.

Dann sah ich das Mittelkind, das gebannt durch den Türspalt ins Zimmer des Nesthäkchens lugte. Fassungslosigkeit hatte seine Augen geweitet. „Sie räumt auf", raunte das Mittelkind. Ein aufräumendes Kind ist in unserem Haus ein sehr seltenes Schauspiel. Tatsächlich wischte das Nesthäkchen dort mit einem Puppenkleid die Heizungsrippen blank. Die Bücherrücken im Regal waren ausgerichtet wie das Wachbataillon der Bundeswehr. Dann entdeckte es uns. „Ich will es auch so schön haben wie Karina", sagte es fast entschuldigend.

Karina. Die Nachbarstochter. Die ewige Einsenschreiberin. Karina, die immer nett grüßt und stets saubere Fingernägel hat. Die schon zum Frühstück Flötenkonzerte von Frescobaldi hört. Mir war sofort klar, dass Karinas Zimmer natürlich jeder Meister-Propper-Werbung Ehre machen würde. Für einen Moment wollte ich das Nesthäkchen loben. Seinen Fleiß weiter anstacheln. Damit es lernt, dass sich Leistung im Leben lohnt. Wenn ich jetzt seinen Ehrgeiz weckte, würde es vielleicht mit Anfang 20 Chefärztin einer Privatklinik in der Schweiz sein und seinen alten Vater finanziell unterstützen können.

Andererseits ist mir schon klar, dass ehrgeizige Eltern ein Leben lang schuld sein können am Elend eines Menschen, genau wie die Gesellschaft als solche oder die katholische Kirche. Und wer zu eilig Karriere macht, wird irgendwann von ganz oben auf die Ruine seines Lebens herabblicken. Jetzt sortierte das Nesthäkchen gewissenhaft Playmobilkleinteile in Kartons. Ich hielt es plötzlich für meine Pflicht, es zu bremsen: „Ach, lass die ruhig auf dem Boden liegen, die stören doch nicht." Das Nesthäkchen sah mich kopfschüttelnd an. Aber eines Tages wird es mir dankbar sein.

SENIORENTELLER

Bis gestern wähnte ich mich in der Blüte meiner Jahre. Ein junger Mann von 42 Lenzen, rank und schlank und fit bis in die Haarspitzen, jedenfalls an guten Tagen und bei Dämmerlicht. Doch jetzt trägt dieses Selbstbild erste Kratzer. Und das nur, weil wir im Restaurant waren.

Meine drei Töchter hatten schnell gewählt. Hähnchennuggets für die Erstgeborene, Fischstäbchen fürs Mittelkind, Mayo mit Ketchup und Pommes fürs Nesthäkchen. Kinderteller sind überall gleich und so berechenbar wie Fußballerinterviews am Spielfeldrand. Ich selbst hatte eigentlich gar keinen Hunger. Die Hähnchennuggets hätten mir schon gereicht. „Kann ich auch die ‚Biene Maja' haben?", fragte ich die Kellnerin. „Oh, der Kinderteller ist nur für Kinder bis zwölf", sagte sie mit aufrichtigem Bedauern. Sie zuckte mit den Schultern. Dann kam ihr die rettende Idee: „Nehmen Sie doch einen Seniorenteller."

Man weiß ja, wie Wirtsleute sich das vorstellen: Junge Kraftprotze, die täglich neu die Welt aus den Angeln heben, verdrücken schon zum Frühstück ein halbes Schwein auf Toast und trinken zwei Fass Bier dazu. Alte Leute hingegen essen bekanntlich nichts mehr. Das wird immer weniger, und in ihren letzten Lebensjahren ernähren sie sich praktisch ausschließlich von Frischluft und Zeitungslektüre. Kurz vor diesem Stadium bekommen sie „Seniorenteller". Die halben Portionen. „Gut, prima!", sagte ich tapfer.

Während die Kinder zeternd Cola verschütteten und sich mit Gabeln gegenseitig nach den Augen stachen, versank ich in dumpfes Brüten. Seniorenteller. Nicht mehr lange, und Milchgesichter würden mir in der Bahn ihren Sitzplatz anbieten. Meine Haare fühlten sich plötzlich ganz grau an. Und als die Kellnerin das Essen brachte, kam es mir vor, als spräche sie sehr laut und langsam. „So, dann wollen wir mal", sagte sie im schönsten „Wie geht's uns denn heute?"-Sound, als sie mir den ersten Seniorenteller meines Lebens servierte.

Ich gab kein Trinkgeld. „Gibt die kleine Rente nicht her", knurrte ich. Am Ausgang hielt ich einer alten Dame die Tür auf. „Danke, junger Mann!", sagte sie zu mir. Zu mir! Ich habe es nicht so gezeigt, aber ich hätte sie auf der Stelle heiraten mögen.

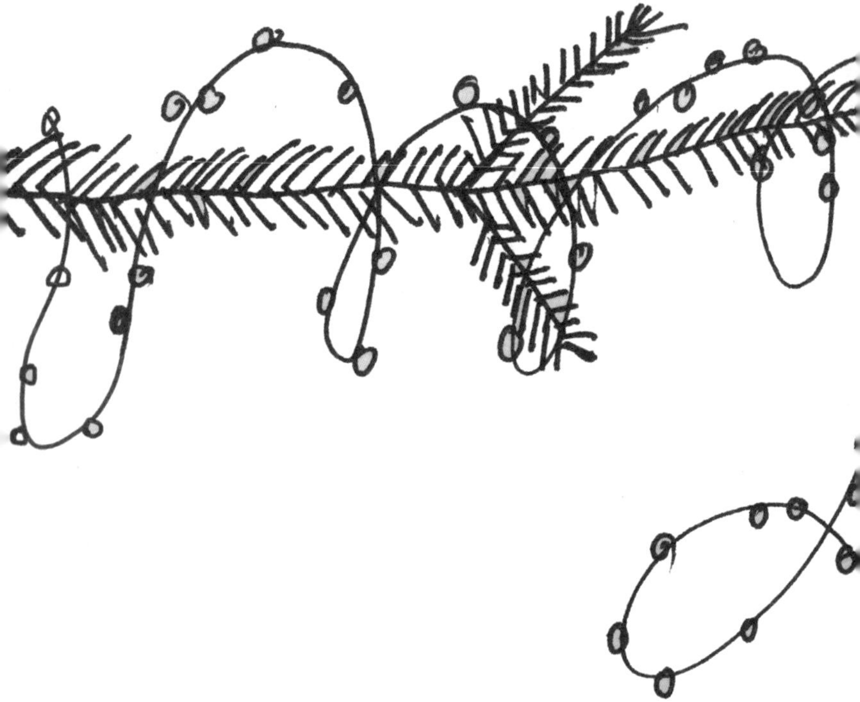

WINTER

Die Jahreszeit, in der
Frost und Frieden
ihren festen Platz haben – und
die Handynummer des
Christkinds sehr nützlich sein kann.

DER HASE

Die Erkenntnis ist so banal, dass all diese schlauen, hoch bezahlten Soziologen längst mal hätten darauf kommen können: Das Erscheinungsbild der Garderobe ist ein Spiegel häuslicher Befindlichkeit. Unsere Garderobe bietet da derzeit ein Bild des Grauens: Vor ihr türmt sich ein wüster Berg aus Kinderschals und -mützen, ein Nanga Parbat aus Handschuhen und Stiefeln. Nun muss man wissen, dass ich allein unter Frauen lebe. Unsere Familie besteht mehrheitlich aus Mädchen unter sieben Jahren. Das Durchschnittsalter am Frühstückstisch liegt bei 17,2. Und niemand zieht den Schnitt so sehr nach oben wie ich. Daraus erwächst eine gewisse Verantwortung fürs große Ganze.

Ich musste handeln. Ich musste die Kinder dazu bewegen, wenigstens ihre Schuhe ordnungsgemäß unter die dafür vorgesehene Heizung zu stellen, schön in Reih und Glied. Ich habe gedient. Also ließ ich die drei Mädchen im Flur antreten. „Stellt euch nebeneinander auf und sprecht Vater gemeinsam nach", hob ich an. Dann deklamierte ich feierlich: „Ordnung ist Schönheit!" Die Erstgeborene verschwand genervt („Ich muss mal"). Das Mittelkind schleuderte mir gut gelaunt eine seiner Achtundsechziger-Parolen ins Gesicht: „Ordnung ist Blödheit, Ordnung ist Blödheit!" Und das Nesthäkchen sagte, was es momentan leider immer sagt: „Igittegitt-Sseiße!" Es ist gerade zwei und derzeit sehr in der Pubertät.

Da stand ich nun vor meiner Heizung, einen Berg Schuhe vor den Füßen, einen Berg Handschuhe im Nacken. Und ich erinnerte mich des einzig anderen männlichen Wesens im Haus. Ich ging zum Hasen.

Er saß in seinem Käfig. Ein Gefangener. Ein Leben hinter Gittern. Sein Blick war vom Vorübergehen der Stäbe so müd geworden, dass er nichts mehr hielt. Rilke kam mir in den Sinn, als ich in diese Hasenaugen sah, und ich sprach ihm laut aus dem „Panther" vor: „Der weiche Gang geschmeidig starker Schritte / der sich im allerkleinsten Kreise dreht / ist wie ein Tanz von Kraft um eine Mitte / in der betäubt ein großer Wille steht." Der Hase schien zu nicken. Ihm und mir, uns beiden bleibt immer die Lyrik.

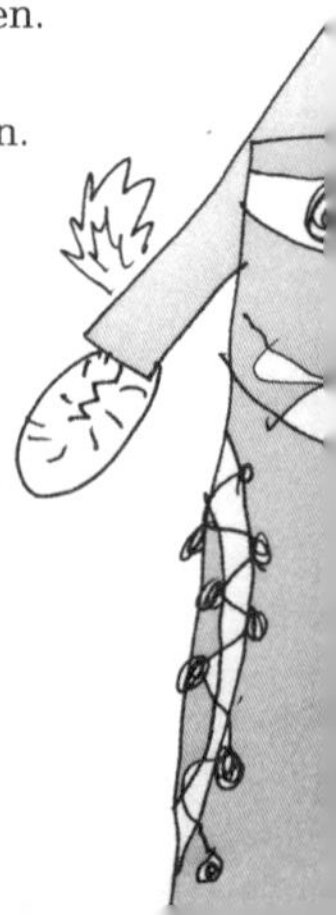

DAS LICHT UND SEINE SCHATTENSEITEN

Ich habe mich da nicht anstecken lassen. Ich werde am Sonnabend ganz gemütlich auf den Dachboden steigen, den großen, weißen Plastikstern an die Balkonbrüstung hängen und dann den Stecker einstöpseln. Fertig. Ich ticke da anders als meine Nachbarn. Für mich stehen beim Advent noch stille Besinnlichkeit im Vordergrund, ein mattwarmer Lichterglanz und eine niedrige Stromrechnung.

Meine Nachbarn hingegen haben hochgerüstet. Vor Jahren hat der linke Nachbar angefangen und ein paar Meter Lichtschlauch um sein Haus gewickelt. Der rechte Nachbar hat darauf zwei illuminierte Rentiere und ein Lichterbäumchen in seinen Garten gestellt. Der linke Nachbar reagierte prompt, indem er im vergangenen Jahr ein LED-Gewitter in verschiedenen Farbtönen installierte, das er dann erstmals in der Dämmerung des Totensonntags über uns niedergehen ließ. Für meine Nachbarn ist der Advent vor allem ein Wattstreit. Wenn bei ihnen das Lampenfieber ausbricht, glitzert unsere Straße wie die Skyline von Manhattan.

Um auf einen Erstschlag der Gegenseite flexibel reagieren zu können, hat der rechte Nachbar seine Lichterketten das ganze Jahr über hängen lassen, nur eben ausgeschaltet. Im Sommer bemerkte man sie kaum. Weiße Sterne vor weißem Hausputz. Gestern jedoch sah ich ihn auf der Leiter stehen. Hektisch montierte er irgendetwas. „Die Anlage ist kaputt", sagte er genervt. „Ausgerechnet jetzt." Er werkelte weiter. Schließlich konnte sein Konkurrent jederzeit den Schalter umlegen. Ich aber freute mich auf meinen großen, weißen Plastikstern vom Dachboden. Denn ich weiß: Zu viel Licht hat auch seine Schattenseiten.

MEIN MARTYRIUM

Wie es mir gesundheitlich geht? Die einen sagen so, die anderen sagen so. Ich selbst blicke der Wahrheit gefasst ins Auge und vermute, dass diese Zeilen mein Vermächtnis an die Nachwelt sein werden. Der letzte Gruß einer geschundenen Kreatur. Meine Frau hingegen meint, dass „Männer" verdammt wehleidig sind und ich mich wegen meiner Erkältung nicht so anstellen soll. Während ich nun im Bett lag und glasigen Auges die Zimmerdecke taxierte, verkündete sie mir gar, dass sie mit der Erstgeborenen und dem Mittelkind jetzt zur Krippenspielprobe müsste. Das Nesthäkchen würde sie bei mir lassen – „als Pflegerin", wie sie sagte.

Nun war es einerseits unverantwortlich, mich in meinem erbarmungswürdigen Zustand mit einem Kind allein zu lassen, das in seinem dreijährigen Leben eine beispiellose Spur der Zerstörung durch den Haushalt gezogen hat. Andererseits war ein Krippenspiel ein gottgefälliges Werk, das sich für mich schon bald rentieren konnte. Und zu schwach zum Widersprechen war ich auch.

Da wachte sie nun an meinem Bett, und bald wurde ihr langweilig. „Soll isse mal was vorlesen?", fragte sie. „Na gut", sagte ich, und während sie sich durch „Max und Moritz" blätterte und dazu vor sich hin erzählte, schlief ich geschwächt ein. Ich erwachte, als „Das große Wilhelm-Busch-Album" mir aus einiger Höhe ins Gesicht fiel. Mein Nasenbein knackte. Ich stand senkrecht im Bett. „Isse ja nix passiert", sagte sie beruhigend und zog mich wieder in die Horizontale. Schon war ihr wieder langweilig: „Soll isse mal was vorsingen?" „Nein!", sagte ich entschieden und hielt mir die Nase. „Ja? Na gut!", sagte sie großmütig und stimmte einen langen Gesang an. Ich erkannte Bruchstücke aus „Sankt Martin" und „Highway to Hell". Nur das Kissen hörte mein Seufzen.

Irgendwann legte sie dann mütterlich ihre Hand auf meine Stirn. „Du hasse ja Füüber!", sagte sie besorgt. „Ja, Fieber!", rief ich. „Hohes, hohes Fieber!" Sie verschwand und war gleich darauf mit einer Schere in der Hand zurück. „Dann wollen wir den heißen Kopp mal abssneiden", sagte sie. Ich konnte mit Not ein Blutbad verhindern. Aber morgen gehe ich wieder zur Arbeit. Und sage niemand, Kinder seien kein Lebenselixier.

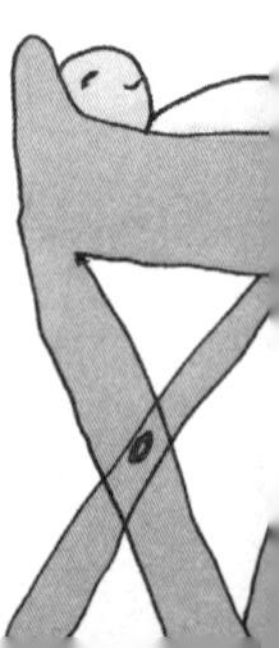

KRIPPENWOLF

Es ist für uns eine Zeit angekommen, die geprägt ist vom hektischen Keksebacken, vom stressigen Geschenkekauf und von aufreibenden Bastelaktionen. In den Wochen vor Weihnachten herrscht in meiner Familie eine schier atemlose Besinnlichkeit. Und als ich jetzt zwischen Basarbesuch und Weihnachtsmarktbummel mit meinen drei Töchtern am Küchentisch zu sitzen kam, fingen sie beim Teigausrollen sofort an, über das anstehende Krippenspiel unserer Kirchengemeinde zu plaudern.

„Also, wenn die mich fragen, dann wäre ich wohl wieder bereit, die Maria zu spielen", sagte die Erstgeborene generös. In der Rolle der angehenden Gottesmutter auf Herbergssuche hat sie bereits glänzende Bühnenerfolge gefeiert. „Ich würde lieber der Verkündigungsengel sein", sagte das Mittelkind, wohl wissend, dass der Verkündigungsengel in einen coolen Silberfummel schlüpfen darf, wie ihn die Älteren noch von den Tanzböden der Siebzigerjahrediskos kennen. „Und ich", sagte das Nesthäkchen, während es sich eine Portion Teig in den Mund schob, „ich bin dann der Wolf."

In diesem Moment wusste ich, dass es Streit geben würde. Mehr noch: Ich hätte jede einzelne Station des Dialogs, der nun folgte, vorhersagen können. „Da macht doch überhaupt kein Wolf mit", sagte die Erstgeborene. „Doch, der … Verkündigungswolf", beharrte das Nesthäkchen. „Quatsch, es gibt höchstens Ochs und Esel und ein paar Schafe, damit auch die kleineren Kinder 'ne Rolle abkriegen", insistierte das Mittelkind. Vergebens: „Ich bin aber Wolf, du Suppenhuhn!" „Quatsch, Weihnachten ist ohne Wölfe, basta!" Dann flog das erste Stück Teig über den Tisch.

Schließlich traten sie sich, und als ich mutig dazwischenging, bekam ich Schläge von allen Seiten ab. Ein Religionskrieg. Mitten in unserer Küche. Eins aber weiß ich seither: Die weihnachtliche Friedensbotschaft haben die Wölfe dieser Welt besonders nötig. Und ihre Gegner auch. Denn Wölfe gibt's auch zu Weihnachten. Und natürlich Wölfinnen.

DER VORLESER

Wenn an langen Winterabenden Väterchen Frost ums Haus streicht und still die Nacht sich über Laatzens Vorgärten breitet, versammele ich meine drei Töchter gern um die heimische Feuerstelle. Zum Vorlesen. Kerzenglanz und der Duft von Tannenzweigen erfüllen die Stube, wenn wir zu ihrem liebsten Buch greifen. Und die Erstgeborene seufzt dann wohlig: „Hach, bitte zeig uns doch noch mal die Bilder von dem kleinen Mädchen, das bei lebendigem Leibe verbrennt." Das Mittelkind erwärmt sich eher für die Geschichte von dem Jungen, der fast ertrinkt. Unser liebstes Bilderbuch zeigt außerdem Kinder, die langsam verhungern. Und Kinder, die in Tinte getaucht oder vom Winde verweht werden. Ja, die schwarze Pädagogik feiert ihre Hochämter an unserem Kachelofen.

Das Nesthäkchen findet die Story von dem Kind am besten, das für unerlaubtes Daumenlutschen mit dem Abschneiden von zwei Fingern bestraft wird. Es ist erst drei und gehört didaktisch voll zur Zielgruppe. „Ooh!", sagt es schauervoll und zeigt auf die blutenden Hände des Daumenlutschers. „Da isser ja nu selbst schuld", sagt das Mittelkind mitleidslos. Natürlich halten aufgeklärte Gemüter unsere Gute-Nacht-Lektüre für ein Horrorvideo zum Umblättern. Sie glauben, dass solche Bücher junge Seelen verwüsten. Sie lassen ihre Kinder lieber mit Prinzessin Lillifee durch eine pinkfarbene Plastikwelt tänzeln und bringen ihnen bei, dass die Welt ein Ponyhof ist, dessen Ruhe schlimmstenfalls durch das Trompeten von Benjamin Blümchen gestört wird.

Meine Kinder aber wollen Bücher, in denen nicht egal ist, was Kinder tun. Sie wollen Kinder sehen, deren Handeln Folgen hat. Nur Kinder, die selbst schuld sein können, sind Kinder, die ernst genommen werden. Und ganz nebenbei vermittele ich meinen Töchtern mit dieser Lektüre Zugänge zur Kulturgeschichte.

Unlängst begleitete mich das Nesthäkchen in die Bibliothek. Im Treppenaufgang hing dort ein Porträt von Leibniz. Ein Mann mit altmodischen Klamotten und wallender Barockperücke. Ich hielt den Zeitpunkt für gekommen, es Hannovers größtem Gelehrten vorzustellen. „Das hier …", hub ich feierlich an. Und seine Augen glänzten, als es mich unterbrach. „Weiß iss schon!", sagte es selig. „Struwwelpeter!"

DER KRIPPENKRIEG

Uns sind drei Kinder geboren. Allesamt Töchter. Als ich jüngst heimkehrte, öffnete mir die Erstgeborene. Sie hatte ein blaues Handtuch um den Kopf geschlungen, das nur ihr Gesicht frei ließ. Sie sah aus wie Frau Ö. (Initial geändert) aus der Nachbarschaft. Mir schossen Gedanken durch den Kopf, die ich nicht äußern könnte, ohne meinen Vorstandsposten bei der Bundesbank zu gefährden. Aber das war nur ganz kurz, ehrlich. Denn schon erhob sich im Wohnzimmer lautes Frohlocken und Jubilieren, und ich verstand. Die Proben liefen auf Hochtouren.

Beim Krippenspiel hat sich die Erstgeborene in unserer Gemeinde über die Jahre hochgedient. Sie begann mit der Charakterrolle als Schaf, machte dann als Engel Karriere und gibt in diesem Jahr die Maria. Dem Mittelkind reichte mein Holzfällerhemd bis zur Erde. Es ist Josef. In Geschlechterfragen ist die katholische Kirche oft konzilianter, als manche meinen. Und bei den Proben daheim spielte die Mittlere auch noch den Engel und führte Regie.

„So! Du bringst als heiliger Dreikönig gleich Gold, Weihrauch und Möhren zum Jesuskind, verstanden!", instruierte sie das Nesthäkchen. Dann erhob sie ihre Arme und sprach feierlich: „Gloria, jetze aber Frieden auf Erden!" Das Nesthäkchen ist erst drei und verstand nicht. „Wass is?" fragte es. „Friede, du dumme Nuss!", giftete das Mittelkind. Weil ich in der Nähe war, fing das Nesthäkchen sofort an zu weinen, so, wie Fußballer sich fallen lassen, wenn der Schiri es sieht. „Menno, Friede jetzt auf Erden!", drohte das Mittelkind. „Nöö, gar nich!", zickte das Nesthäkchen. Dann schlugen sie sich. Ein Religionskrieg, mitten in unserem Wohnzimmer.

Seufzend sah ich auf Maria, die fromm dreinblickte und an der Schlägerei heimlich ein Wohlgefallen fand. Vor ihr, im Schuhkarton, lag der Stoffhase. Als Jesuskind. Unschuldig sah er mich mit seinen Knopfaugen an. Unschuldig und friedvoll. Ich ahnte, warum Gott sein eigenes Kind als Baby in Bethlehem auf die Welt geschickt hatte und nicht, sagen wir, als fünfjährigen Laatzener. Mild redete ich der Mittleren ins Gewissen. Und weil ich die Jüngste kurz aus den Augen ließ, feierte die feministische Theologie ihren bislang größten Triumph, zumindest in unserem Wohnzimmer. Das Nesthäkchen zog den Hasen an den Ohren in die Höhe. „Guck ma", rief es freudig. „Es isse ein Mädchen!"

EIN KUSS FÜR DIE HAZ-WEIHNACHTSHILFE

Um einmal ganz persönlich zu werden: Das innige Foto von uns beiden täuscht. Unsere Beziehung hat wohl keine Zukunft. Ich mache mir da nichts vor. Ich bin fast doppelt so alt wie sie. Und wenn man ihr näher kommt, riecht man sehr deutlich, dass sie gerade Fisch gegessen hat. Rohen Fisch. Rohen Fisch isst sie eigentlich permanent. Ihre Küsse sind klatschnass und kalt wie die See vor Kanadas Küste. Und weil sie einen ausgeprägten Bartwuchs hat, stachelt sie auch noch. Dennoch ist Lizzy die bezauberndste Seelöwendame, mit der ich je eine stürmische Knutscherei hatte, noch dazu in Erfüllung meines Dienstes als HAZ-Redakteur.

Ich muss zu meiner Entschuldigung sagen, dass die Initiative von ihr ausging. Und von Zoo-Geschäftsführer Frank Werner, der sich entschlossen hatte, die HAZ-Weihnachtshilfe mit einer großzügigen Spende in Gestalt von hundert Freikarten zu unterstützen. Da nun im Zoo traditionell kein Foto ohne Tiere gemacht wird, wollten wir Lizzy bei der Übergabe der Eintrittskarten zwischen uns nehmen. Und sie nutzte die Gelegenheit schamlos aus und drückte mir einen leidenschaftlichen Schmatzer ins Gesicht. Für mich war es ein, sagen wir, unvergesslicher Moment. Sie hingegen dürfte mich längst vergessen haben. So sind sie eben, die Frauen. Jedenfalls die mit Flossen.

KINDERBOERSE.DE

Für Familien mit Kindern sind lange Autofahrten von alters her ideale Gelegenheiten zur Begegnung mit sich selbst. Unsere Autofahrt war in dieser Hinsicht sehr intensiv. Schon kurz nach der Abfahrt fingen meine drei Töchter auf dem Rücksitz an, sich zu streiten. Die Situation eskalierte dann über der Frage, ob der Laster vor uns nun grünblau oder türkis sei. „Suppenhuhn!“, zischte eine von ihnen. Dann schlugen sie sich. Ich ließ das Lenkrad los und griff nach hinten, um ein Blutbad zu verhindern. In diesem Moment blitzte es. Ein Starenkasten.

Ich persönlich glaube nicht an Rot oder Grün, nur an Schattierungen von Gelb. Doch die Ordnungsämter sehen das anders. Und mir platzte der Kragen. „Jetzt reicht's!“, schrie ich. „Ich will nicht mehr! Jetzt verkaufe ich euch!“ Das war natürlich ein Griff in die Mottenkiste der schwarzen Pädagogik. Doch meine kleine Drohung verfehlte ihre Wirkung nicht. Plötzlich herrschte Ruhe im Fond. Angenehme Ruhe. Und murmelnd schob ich nach: „Über Kinderboerse.de.“

Die Älteste fing sich als Erste. „Ich bin dabei!“, sagte sie und kicherte ungerührt. Ich formulierte mein Inserat: „Gut erhaltene Erstgeborene, Zwei in Mathe, in liebevolle Hände abzugeben.“ Da erwachte bei der Zweiten die Skepsis. „Gibt's so was wirklich?!“, fragte sie im Tonfall ehrlichen Interesses und kräuselte die Nase. „Klar“, sagte ich und sinnierte laut: „Preiswertes Mittelkind, Grundkenntnisse im Geigenspiel, sehr konfliktfähig … oder: Nettes Nesthäkchen, schon geimpft und getauft, ganz leichter S-Sprachfehler, umständehalber zu veräußern …“

Das Nesthäkchen blickte an sich herunter. Es fuhr sich mit den Fingern über die Arme, fasste sich prüfend in die Haare. Es lächelte, wie ein Kenner lächelt, der Qualitätsware sofort als solche erkennt. Das Nesthäkchen ist mit der Fähigkeit gesegnet, jederzeit bewundernd zu sich selbst aufzublicken. „Alsso, isss würde misss behalten“, sagte es. Es klang selbstbewusst, aber auch ein bisschen beleidigt. Und ich beschloss, noch einmal über den Verkauf nachzudenken.

STEINZEIT

Draußen pfiff der Wind ums Haus, und drinnen versuchte ich, mit klammen Fingern den Kachelofen anzuheizen. Meine drei Töchter sahen mir eine Zeit lang zu. Dann fing die Erstgeborene an, in ihrem Geschichtsbuch zu blättern. Freiwillig. „Mal 'ne Frage, Papa", sagte sie nach kurzer Zeit. „Waren Frauen in der Altsteinzeit gleichberechtigt – ja oder nein?"

Mir brach ein Streichholz ab. Schlagartig erfüllte mich tiefe Freude darüber, dass die modernen Schulbücher endlich die wirklich wichtigen Themen der Menschheit behandeln. Die altsteinzeitliche Feministin wird sich die Frage nach den Frauenrechten täglich neu gestellt haben, nicht minder als ihre Töchterstöchter in der Jungsteinzeit oder heute. „Tja, also…", sagte ich ratlos.

Auch die anderen Mädchen nahmen jetzt Aufstellung hinter dem Geschichtsbuch. Ein Bild darin zeigte zottelige Speerschleuderer und erlegte Tiere. „Cool! Jagen! Grillen!", sagte das Nesthäkchen und bleckte die spitzen Eckzähne. Haarsträhnen fielen ihm über die entschlossen dreinblickenden Augen. Das Nesthäkchen scheut keine Kämpfe und hat Bauchmuskeln, wie sie in unserer Familie seit der Jungsteinzeit niemand mehr hatte. Das Nesthäkchen würde auch im Schein eines neolithischen Höhlenfeuers Bella Figura machen, dachte ich. Dann schob ich, die Zunge im Mundwinkel, etwas Zeitungspapier in die Ofenglut.

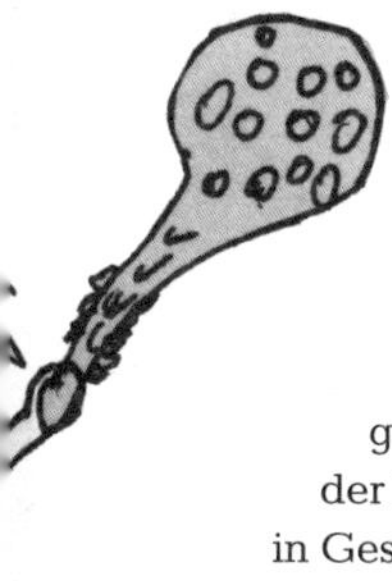

„Jagen? Bist du verrückt?", sagte da das Mittelkind. „Ich würde ja lieber meinen Mann zur Jagd schicken und selbst schön in der gemütlichen Höhle bleiben." Mein feuchtes Fichtenholz verräucherte die Küche, als die Erstgeborene der Debatte ein Ende setzte. „Lasst mal gut sein", sagte sie und schob ihre kleinen Schwestern aus der Küche: „Mama ist shoppen und hat gesagt, dass Papa mich in Geschichte abfragen soll, wenn er endlich das Feuer anbekommen hat."

Natürlich tat ich, wie mir geheißen war. Allerdings wich ich der Frage nach der altsteinzeitlichen Gleichberechtigung feige aus. Obwohl ich durchaus eine Ahnung hätte, wie das damals gewesen sein könnte.

TISCHKULTUR

Die Mahlzeiten sind immer besondere Prüfungen. Unmerklich formt ja ein ganzes Bündel an Werten und Normen unsere Esskultur, und deren Wegbrechen ist vermutlich eines jener Geräusche, die den Untergang des Abendlandes besonders verlässlich ankündigen. Als Vater weiß ich, wovon ich rede: Das Mittagessen, das ist die Zeit des Schmatzens und Schlürfens, der umgestürzten Brausebecher und der Gabelattacken. Streit, Gebrüll und Zickenkrieg sind mittags stets Gäste an unserem Tisch.

Es war ein Sonnabend, und ich war allein unter Töchtern. Meine Frau war ganz entspannt aus dem Haus gegangen. Zur Arbeit. Ich bin ein Emanzipationsverlierer, aber ich klage da nicht. Es gab Spaghetti, wie immer, wenn ich kochen muss. Die Erstgeborene quittierte deren Anblick mit einem angeekelten „Iiiii!". Das Mittelkind schüttete Soße auf den Fußboden und fing einen Teil geschickt mit seinem Teller auf. Ich wischte noch, als das Nesthäkchen mit zwei Messern auf den Tisch trommelte. „Isse will Pommes!", forderte es. Die Kleine ist erst drei und eine Art Nina Hagen der deutschen Tischkultur.

In meiner Not borgte ich mir Autorität bei dem, der schon immer allen Durchsetzungsschwachen seine Autorität borgen musste. Ich sprach ein Tischgebet. „Lieber Gott, lass die Kinder immer artig sein und anständig essen und spuren, wenn der Vater was sagt, guten Appetit, Amen!" Verweise aufs Höllenfeuer sparte ich mir. Ich wusste: Meine Soße war vorerst Buße genug. Über meine gefalteten Hände behielt ich die drei dabei genau im Visier. Ich sah, wie sich ihre Blicke trafen. Wie sie mit den Augen rollten. Und ich ahnte, dass mein Gebet nicht nur theologisch und pädagogisch fragwürdig war, sondern auch folgenlos bleiben würde.

Minuten später lag eine Wasserflasche in Scherben da. Mittelkind und Nesthäkchen bewarfen sich mit Nudeln. Und die Erstgeborene war regelwidrig fernsehen gegangen. Liebevoll brüllte ich ganz allgemein ein paar Ermahnungen durch die Küche und sah verzweifelt aus. „Hast wohl nicht doll genug gebetet!", höhnte das Mittelkind und wischte sich den Soßenmund am weißen Ärmel ab.

Ich will es nicht beschwören. Aber für einen Moment war mir, als läge zwischen Nudeldunst und Soßenduft auch ein Hauch von Schwefel in der Luft.

BRUNO UND ICH

Zu Hunden pflege ich ein eher distanziertes Verhältnis. Wenn es unvermeidlich ist, begegnen wir uns respektvoll, aber kühl. Wären die Hunde und ich Politiker, würden wir danach übereinstimmend erklären, das Treffen sei „in sachlicher Atmosphäre" verlaufen. Bei großen Hunden denke ich immer zurück an die sehr deutschen Schäferhunde Hagen und Etzel vom Schrottplatz, die sich immer röhrend im Maschendrahtzaun verbissen, wenn ich als Kind vorbeiging. Bei kleinen Hunden denke ich an den zitternden Rehpinscher, der für die affektierte Nachbarin mehr so eine Art Handtaschenersatz ist.

Kürzlich fragte ein Bekannter ausgerechnet mich, ob ich nicht kurz auf Bruno (Name geändert) aufpassen könnte. Seinen Dackel. Ich sagte zu. Man ist ja kein Unmensch. Beim Gassigehen lernte ich, Brunos Körpersprache von Baum zu Baum besser zu deuten. Erst wittert er ein wenig, dann trippelt er, dann hebt er das Bein. Schnüffeln, trippeln, pinkeln. Eine Trias des Tröpfelns. Während ich nun vor einem Plakat haltmachte, arbeitete sich Bruno Stück für Stück über Laatzens Marktplatz vor. Er hielt direkt Kurs auf eine Frau, die auf einer Bank saß. Ihre Einkaufstasche stand vor ihr auf der Erde.

Von fern sah ich, dass Bruno an der Tasche schnüffelte. Die Frau sah ihn nicht. Jetzt begann er zu trippeln. Mich erfasste tiefes Grauen. Ich lief los, über den menschenleeren Marktplatz. „Halt!", rief ich und gestikulierte wild. Da drüben bahnte sich eine Tragödie an, und ich allein konnte dem Schicksal in den Arm fallen. „Halt! Bruno!", rief ich. Die Frau schaute indigniert auf den Mann, der da schreiend über den Marktplatz lief. Den Hund bemerkte sie nicht. Sie bemerkte auch nicht, was mit ihrer Tasche geschah, kurz bevor ich die Bank erreichte. Ich kam zu spät.

Ich ersparte allen Beteiligten peinliche Gespräche, indem ich die Flucht nach vorn antrat. Ich lief einfach weiter, an Bank, Frau und Hund vorbei. Dabei rief ich noch ein paarmal „Halt, warte!", als meinte ich einen Kumpel irgendwo auf der anderen Seite des Platzes. Bruno fing ich später wieder ein. Wenn Sie also kürzlich eine feuchte Einkaufstasche hatten, möchte ich Sie hiermit in ihrem Glauben bestärken: Das war bestimmt nur Pfützenwasser!

DER ANHALTER

Ganz sicher kann man da natürlich nicht sein, aber mit hoher Wahrscheinlichkeit war er der letzte seiner Art. Seit Jahren hatte ich keinen mehr gesehen, und er stand so einsam und traurig im Nieselregen wie das einzig übrig gebliebene Exemplar einer ansonsten ausgestorbenen Spezies. „Ein Anhalter", sagte ich halblaut und lächelte wehmütig in mich hinein, so wie man wehmütig in sich hineinlächelt, wenn man Pril-Blumen sieht oder wenn Herbert Wehner im ZDF ist.

Ich war weitergefahren, weil das Auto mit meinen drei Töchtern und einer Tasche Badeanzüge auf dem Beifahrersitz voll war. Aber ich hatte ihm zugewinkt. „Wass iss'n los?", lispelte daher das Nesthäkchen. „Ein Anhalter", wiederholte ich lauter, obwohl ich wusste, dass diese Antwort nur neue Fragen aufwerfen würde. Das Nesthäkchen ist erst drei, und Anhalter sind für diese jungen Leute so weit weg wie Vinylschallplatten und Wählscheibentelefone. „Was wollte dieser Anhalter denn?", fragte das Mittelkind prompt. „Uns anhalten", sagte ich.

Dann dachte ich zurück an meine bewegte Jugend. Ich stand damals noch auf der anderen Seite der Windschutzscheibe, den Daumen im Wind und das Bett im Kornfeld. Ich dachte an Jack London und an die Rote-Punkt-Aktion. Trampen war Fortbewegung und Bewegung, geboren aus Geldnot und Freiheitsdurst. Jeder Kilometer ein Schlag ins Gesicht des Establishments! Und nachdem ich das Tramperleben mit 28 Jahren aus Altersgründen aufgegeben hatte, wurde es in der Erinnerung von Jahr zu Jahr besser. Heute gibt es Billigflieger und Onlinemitfahrbörsen, dachte ich. Oder die Jugendlichen fahren nirgends mehr hin, weil sie Freundschaften gar nicht mehr analog pflegen. Ich kam mir plötzlich sehr alt vor.

Die Erstgeborene unterbrach mein Brüten. „Das war doch kein Anhalter", sagte sie und sprach das Wort so distanziert aus wie ein FDP-Chef das Wort „Lohnerhöhung". „Wir sind doch weitergefahren", sagte sie, „und ein Anhalter, der keinen anhält, ist kein Anhalter." Philosophisch war der Gedanke bestechend. Ja, dieses Kind ist Vaters Tochter. Zum Anhalter macht den Anhalter erst der Anhaltende. Wir hatten im Grunde also gar keinen Anhalter gesehen. Oder schlimmer: Wir hatten seine bescheidene Anhalterexistenz im Keim vernichtet, indem wir weitergefahren waren. Leute wie wir waren schuld am Aussterben der Anhalter. Ich seufzte. Dann gingen wir baden.

DIE T-FRAGE

Es wäre ein Mangel an christlicher Demut, wollte ich all die Werke der Barmherzigkeit aufzählen, die ich zeitlebens an meinen Mitmenschen gewirkt habe. Lassen wir das. Gute Taten tragen ihren Lohn in sich selbst. Nur so viel: Der Weihnachtsbaumhändler vom Sonnabend hat mir ganz, ganz viel zu verdanken. Noch mehr allerdings hat er dem Kapitalismus zu verdanken. Denn wir waren spät dran, und die Gesetze von Angebot und Nachfrage gelten auch im Advent.

Auf seinem Platz drängten sich die Kunden, es gab längst mehr Lastminute-Käufer als Bäume. Missmutig stand er vor seiner Bude, unrasiert und fern der Heimat. Er erzählte von Fichtelföhren und Blaumannkiefern, von Haltbarkeit und Nadelweiche. Lauter Dinge, die ich jedes Jahr sofort wieder vergesse. Meine drei Töchter liefen über den Platz. Die Erstgeborene blieb vor einem entsetzlich langen Baum stehen. Dürre Äste, abgebrochene Spitze, Nadeln wie ein lackierter Igel. Ein Übriggebliebener. „Den wollen wir haben!", sagte das Mittelkind glänzenden Auges. „Sso ein ssuper Baum!", sekundierte das Nesthäkchen. „Genau", sagte der Baummann. „Heute nur 60 Euro."

Ich schluckte. „Prima", sagte ich dann. Und weil der Mann echt großherzig war, steckte er noch einen goldenen Stern auf die Tannenspitze. Ins Auto passte der Baum nicht. „Ihr müsst jetzt sehr tapfer sein", sagte ich zu den Kindern, als ich Schneereste vom Autodach fegte und das Cabrioverdeck aufklappte. Der Baum kam samt Stern auf den Beifahrersitz und ragte weit hinaus.

Als wir losfuhren, setzte ein kurzer, heftiger Eisregen ein und legte sich über Armaturen, Sitze, Baum und Kinder. Als einzige Kopfbedeckung hatte ich eine rote Zipfelmütze zur Hand. Aus dem Radio plärrte „Fröhöhliche Weihnacht überall". So kamen wir an der Ampel zum Stehen. Aus dem Auto nebenan starrte eine stark verschleierte Dame zu uns herüber. Ich lächelte ihr zu. Sie nickte zurück. In ihren Augen aber las ich tiefes Unverständnis über die religiösen Bräuche der Norddeutschen.

WEIHNACHTSZAUBER

Mutter Nacht warf ihr schwarzes Samtkissen über Laatzens Gärten. Adventlicher Lichterglanz fiel zum beschlagenen Fenster herein. Zimtgebäck duftete vor sich hin. Und meine drei Töchter gebärdeten sich weihnachtlich.

„Blöde Zicken, ihr könnt ja nicht mal ein Gedicht!", höhnte die Erstgeborene. Das Mittelkind schlug vor Wut mit Tannengrün um sich. Und das Nesthäkchen zerriss genüsslich die Wunschzettel der anderen. Vor deren Augen. „Wenn nicht gleich Frieden herrscht, bringt das Christkind keine Geschenke", drohte ich. Erstgeborene und Mittelkind verdrehten die Augen. Die Aufklärung hat bei ihnen bereits großen Schaden angerichtet. Sie verzogen sich, um anderswo in Ruhe weiterzustreiten. Das Nesthäkchen indes suchte Kabale. „Isse mir doch ganz egal, blödes Christkind, nänänä!", geiferte es.

Entschlossen stand ich auf und griff tief in die Trickkiste der schwarzen Pädagogik. „Jetzt sag ich's dem Christkind!", rief ich. „Ich hab' nämlich seine Handynummer!" Ich tippte in mein Telefon. „Hallo? Himmelstor?", sprach ich so schneidig wie ein Generalfeldmarschall in alten Kriegsfilmen. „Im Meeting? Knecht Ruprecht auch? Dann nehmen bitte Sie den Vorgang auf, Petrus!" Das Nesthäkchen blickte skeptisch. Es begann, an der eigenen Courage zu zweifeln. Auch Erstgeborene und Mittelkind tauchten im Türspalt wieder auf und guckten irritiert.

„Geschenke diesmal bitte nur für die Eltern… genau… ja", sagte ich. Dann buchstabierte ich unseren Namen und die Adresse. Die Kinder guckten sich mit großen Augen an. „War doch nur Spaß", sagte die Erstgeborene jetzt beschwichtigend und legte demonstrativ den Arm ums Mittelkind. „Wir ssind ja wieder lieb – und sssöne Grüssse anss Christkind", zischte das Nesthäkchen. Ich stornierte die Stornierung: „'tschuldigung, bleibt jetzt doch alles beim Alten – und nichts für ungut, frohes Fest auch!" Wir verlebten dann noch einen sehr besinnlichen Abend.

Ob es das Christkind nun wirklich gibt, konnte ich bis Redaktionsschluss dieser Ausgabe trotz intensiver Recherche nicht abschließend klären. Aber ich bin mir sicher: Unsere Welt wäre friedvoller, wenn mehr Menschen daran glauben könnten. Oder zumindest daran, dass ich seine Handynummer habe.

TOHOCHTER ZION

Nie lasse ich es mir nehmen, den Christbaum persönlich zu schmücken. Jahr für Jahr halte ich im Wohnzimmer auf Zehenspitzen gekonnt die Balance auf der obersten Stufe einer klapprigen Trittleiter. Mit ausgestreckten Armen setze ich einen Stern auf eine Baumspitze. Wenn ich dann unfallfrei wieder unten angekommen bin, kann Weihnachten werden. Natürlich wickele ich auch großflächig Lichterketten um den Baum – schon, damit es im Fenster des Nachbarn nicht festlicher glänzt als bei uns, denn das war noch nie so, und gerade Weihnachten soll man Traditionen pflegen. Damit es beim Schmücken auch recht christfestlich zugeht, hatte ich diesmal eine Weihnachts-CD eingelegt.

„Ach, das Lied kenn' ich", sagte die Erstgeborene unter meinen drei Töchtern, als sie ins Zimmer kam. Spontan stimmte sie ein. „Tochter Zion" ist der musikalische Versuch, so wenige Wörter wie möglich auf so viele Töne wie möglich zu verteilen. „To-ho-chter Zi-on, freu-eu-eu-eu-eu-e dich", sang die Erstgeborene also, als das Mittelkind hinzutrat. Das Mittelkind lauschte, blickte aber so skeptisch wie damals, als es das lange verloren geglaubte Puppenkleidchen aus seinem Teller Gulaschsuppe gefischt hatte. Das Mittelkind hört am liebsten die Toten Hosen. Am Ende kam auch das Nesthäkchen ins Zimmer. Über den liebevoll geschmückten Tannenbaum gingen alle drei für meinen Geschmack etwas zu schnell hinweg. „Was singt ihr da?", fragte das Nesthäkchen. „Doktor Zion", sagte das Mittelkind mit geschürzten Lippen.

Ich schwieg. Doch während ich die Lichterkettenklipse an den Nordmanntannenzipfeln festklipselte, fragte ich mich, wer dieser Doktor Zion wohl sein könnte. Vielleicht ein jüdischer Allgemeinmediziner, irgendwo zwischen Bemerode und Bethlehem, der sich wie Bolle freut, weil er im Dezember überall dort besungen wird, wo Menschen Tannenbäume schmücken. Lieber Doktor Zion, wenn es Sie irgendwo da draußen gibt und Sie diese Zeilen lesen, wünsche ich Ihnen und den Ihren frohe Feiertage. Kommen Sie gut ins neue Jahr!

WARUM ICH SILVESTER ABLEHNE

Bei mir ist alle Mühe vergebens. Nicht, dass ich zur Fröhlichkeit gänzlich unfähig wäre. Erst kürzlich habe ich wieder gelacht, ich weiß es noch ganz genau. Ich bin nur eben nicht gern auf Kommando ausgelassen, und kalendarischer Druck löst bei mir vollends eine innere Blockade aus. Deshalb lehne ich Silvester aus vollem Herzen ab. Silvester ist für mich eine anlasslose Mischung aus Gestank und Geräusch, Gesöff und Geldverschwendung. Ein archaischer Kalenderritus. Früher habe ich mir Silvester gern einen gemütlichen Leseabend mit „Krieg und Frieden" gemacht. Doch seit ich drei Töchter habe, geht das nicht mehr.

„Gucken wir wieder ‚Dinner for One?'", löcherte mich die Erstgeborene schon im Mai. „Bleibt's beim Bleigießen?", quengelte jetzt das Mittelkind. Und das Nesthäkchen setzte einen ganz eigenen Akzent. „Wir wollen Böller!", forderte es gestern beim Einkaufen. Dann lud es mit gierig glänzenden Augen den Wagen voll: Kracher und Schwärmer, Fontänen und Knallfrösche. Das Nesthäkchen wäre bei der Artillerie gut aufgehoben. Böller verlieren ihren Charme ja erst, wenn man in das Alter kommt, in dem man sie auch offiziell kaufen darf. Da hat es noch viel Zeit. Und es hat Gesinnungsgenossen.

„Das Feuerwerk", soll der große Gelehrte Adorno gesagt haben, „ist die perfekte Form der Kunst, da sich das Bild im Moment seiner höchsten Vollendung dem Betrachter wieder entzieht." Mein Nesthäkchen hätte das kaum schöner formulieren können. Aber Quatsch ist es trotzdem. Wenn alles, was schnell wieder verschwindet, große Kunst ist, müsste mein Monatsgehalt längst Weltkulturerbe sein. Feuerwerk – das sind meist Wunderkerzen, die im Schneematsch kokeln. Aber das war dem Nesthäkchen egal. „Und jetzt noch Py-ro-kra-cher", buchstabierte es und warf ein Päckchen in den Einkaufswagen.

Einiges lud ich wieder aus, mannhaft kämpfte ich gegen jeden Knallfrosch. Doch ein Großteil der Böller blieb drin. Silvester blasen wir also zum Frontalangriff auf die Feinstaubverordnung. Ich lege aber Wert darauf, dass ich nicht schuld daran bin. Schuld sind allein solche Leute wie Adorno und das Nesthäkchen.

IN DEN STERNEN

Bleigießen, Schornsteinfegeranfassen, Horoskope – ich persönlich halte das alles für Mumpitz. Meine Geringschätzung für diese Abergläubereien reicht so weit, dass ich mein eigenes Sternzeichen gar nicht kenne. Fragt man mich danach, sage ich immer: „Einhorn, Aszendent Klempner." Den meisten Leuten reicht das vollkommen aus. Sie wollen sowieso lieber selbst erzählen, über ihre eigenen Sterntiere und wie es ihnen damit geht und was das mit ihnen macht und so.

Leider bringt ein neues Jahr auch neue Abreißkalender mit sich, und ich konnte nicht verhindern, dass meine drei Töchter in einem solchen blätterten. „Oh, cool, ich bin Stier", sagte die Erstgeborene beiläufig. Mich erfüllt es immer mit Skepsis, wenn Leute sich als Tiere ausgeben, aber das Interesse der anderen war geweckt. Das Mittelkind suchte ebenfalls sein Geburtsdatum. „Steinbock. Ich bin ein Steinbock", murmelte es etwas pikiert.

Mit einiger Hilfe fand auch das Nesthäkchen sein Kalenderblatt. Ein Bild darauf zeigte ganz zweifelsfrei einen Widder, den es jedoch nicht als solchen erkannte. „Super, ich bin der Löwe, ich bin der Bestimmer von euch!", triumphierte es. Liebevoll wagte ich eine Belehrung: „Quatsch, das ist ein Widder, das sind Hörner und keine Mähne!" Das Nesthäkchen zog die Augen zusammen. „Ich bin Löwe, hab' ich gesagt!", zischte es leise und drohend. „Du willst ja immer nur Chefin sein, du Zicke!", motzte das Mittelkind und brachte so noch ein weiteres Tier ins Spiel. „Ich bin Löwe, basta!", sagte das Nesthäkchen und stampfte mit dem Fuß auf. Uns allen war klar, dass damit das letzte Wort gesprochen war. Niemand widersprach der Löwin, die da mit den Händen in den Hüften vorm Abreißkalender stand.

Später habe ich dann gegoogelt, wie Löwen so sind. „Durchsetzungsfähig, stark, gelegentlich herrisch", stand irgendwo im Internet, dem man ja so blind vertrauen kann wie einem Horoskop. So gesehen passt Löwe eigentlich ganz gut. Von meinem Nesthäkchen und seinem selbst gewählten Sternzeichen konnte Schiller natürlich nichts wissen. Aber recht hatte er trotzdem: „In deiner Brust sind deines Schicksals Sterne."

DAS ORDNUNGSPRINZIP

Weihnachten hatte verheerende Folgen. In unserem Haus ist die Unordnung ohnehin steter Gast; die Teppiche sind dauerhaft übersät mit Barbiepuppen, Selbstgebasteltem und diesen Plastikbeigaben, mit denen Fast-Food-Läden Kinder ködern. Nach der Geschenkeflut aber war das Haus in weiten Teilen unbetretbar. Küche, Wohnzimmer und Bad musste ich praktisch aufgeben. Mit Mühe gelang es mir, durch Playmobilberge und Stofftiere eine schmale Schneise von der Haustür zu meinem Bett zu schlagen. Mein Plan, mit dem Schneeschieber aufzuräumen, scheiterte am heftigen Widerstand der Familienmehrheit. Die Familienmehrheit ist unter zehn Jahre alt und sieht im Chaos eher eine Art komplexes Ordnungssystem.

Mir platzte erst der Kragen, als ich in der Morgendämmerung barfuß einen scharfkantigen Legostein wiederfand. „Jetzt reicht's!“, brüllte ich ganz sachlich. „Jetzt wird aufgeräumt!“ Meine drei Töchter reagierten reserviert. Die Erstgeborene musste plötzlich ganz dringend Hausaufgaben machen. Das Mittelkind schob lustlos ein paar Puppen hin und her. Und das Nesthäkchen drückte mir aufmunternd eine Mülltüte in die Hand: „Da isss der Sssack! Fang doch ssson mal an!“

Ihr Desinteresse gab mir freie Hand. Als Erstes wanderte der billige Roboter, mit dem nie jemand spielte, in den Sack. Um Proteste zu vermeiden, begrub ich ihn schnell unter Wollresten und Wachsmalbildern. Ich schnürte den Sack gerade zu, als dieser zu sprechen begann. „Ich bin ein Roboter!“, schnarrte eine blecherne Stimme aus seiner Tiefe. Dazu blinkte ein grelles Blaulicht durch die Sackwand.

„Wass war dass?!“, fragte das Nesthäkchen misstrauisch. „Ich war das“, sagte ich so blechern wie möglich. „Denn ich bin ein Aufräumroboter!“ Rasch trug ich die Tüte aus dem Haus. „Ich bin ein Roboter!“, behauptete der blinkende Sack unterwegs immer nachdrücklicher, als wollte er so seinem Schicksal entgehen. Doch ich kannte keine Gnade. Trotz Geblinke und Gejammer stieß ich ihn in den Berg Müll, der sich schon vor der Tür türmte. „Ich bin ein Roboter!“, rief er mir zum Abschied nach. Falls Sie also kürzlich von einem blinkenden Müllberg angesprochen wurden: Darin steckte es. Mein Opfer. Dargebracht auf dem Altar der Ordnung.

DER BESUCH DER ALTEN DAME

Es gibt da diese Theorie über Männlein und Weiblein. „Man kommt nicht als Frau zur Welt, man wird es", hat die Philosophin Simone de Beauvoir gesagt. Erst das Korsett unbarmherziger Erziehung presse wehrlose Menschen vollkommen zufällig und willkürlich in Frauenrollen. Längst ist es pädagogisches Gemeingut, dass kein Kind mehr zur Frau gemacht werden darf. Wobei natürlich niemand etwas gegen Frauen hat. Aber Erziehung sollte doch bitte schön geschlechtsneutral sein.

Daran musste ich denken, als sich unsere alte Tante ankündigte, die seit vielen Jahren die Flagge des Feminismus hochhält. Meine drei Töchter sind nämlich Ausnahmen, oder sie haben einfach Simone de Beauvoirs Werk nur unzureichend rezipiert. Ich schwöre, dass sie ohne mein Zutun und von Geburt an Glitzerpferde liebten, ebenso wie Puppen und rosa Handtaschen und „Hanni und Nanni". Fast fürchtete ich nun, sie könnten mir vor der Tante Schande machen. Es gibt nämlich Tage, an denen sie ganz besonders sittsam und mädchenhaft sind. Die Erstgeborene häkelt dann Wintermützen in Stillarbeit, das Mittelkind hört beim Aufräumen Flötenmusik von Frescobaldi, und das Nesthäkchen liest unterdessen im Katechismus.

Dann kam der Besuch; wir saßen am Tisch. „Und? Macht ihr Ballett?", fragte die Tante etwas inquisitorisch. Mir brach der Schweiß aus. „Karate!", murmelte die Erstgeborene und drohte schneidig mit den Handkanten. „Oh", sagte die Tante. „Und ihr? Auch kein Ballett?" „Echte Mädchen spielen Handball!", sagte das Mittelkind kauend. Das Nesthäkchen setzte ein Gesicht auf, wie man es aus diesen Videos von jenen Kapuzenrappern kennt, die ein Viertelpfund Metall im Gesicht tragen. „Jo!", sagte sie entschieden. „Leider gab es bei uns keine American-Football-Damenmannschaft", sagte ich. „Ah", sagte die Tante.

Dann sagten meine Töchter noch ein paar schlimme Wörter, und im Übrigen schmatzten sie wie eine Kolonne Landarbeiter. Es wurde ein richtig harmonischer Abend. Nur schade, dass Simone de Beauvoir das nicht mehr miterleben durfte.

GERECHTIGKEIT FÜR HELENE WEBER

Solche Gespräche sind selten geworden, seit jeder ein Navi im Auto hat. Ein älterer Herr hielt neben mir und fragte nach einer Straße in Rethen. Ich wies ihm den Weg. Er wollte schon weiterfahren, da brach es aus ihm heraus. „Helene Weber! So ein Blödsinn!", rief er. „Wie kann man eine Straße nur nach einer Helene Weber benennen, die kein Schwein kennt!" Dann schimpfte er auf den neumodischen Trend, Straßen bevorzugt nach Frauen zu benennen, nur wegen Gleichberechtigung und so.

Tatsächlich sind Straßennamenerfinder heute ja bestrebt, tote Frauen gezielt zu fördern. Durch ganze Neubaugebiete ziehen sich ausschließlich Straßen mit Frauennamen. Manche dieser Frauen hatte die Nachwelt schon vergessen, viele sogar zu Recht. Ich sehe diese Namenspolitik kritisch. Keiner sollte bei der Vergabe von Straßennamen qua Geschlecht im Vorteil sein. In diesem Fall jedoch widersprach ich.

„Hören Sie mal", sagte ich, „Helene Weber ist nicht Helene Fischer!" Dann wies ich darauf hin, dass Helene Weber eine bedeutende Politikerin war, die als Vorsitzende des Vereins katholischer Sozialbeamtinnen und auch sonst Wegweisendes geleistet hat. Er verzog das Gesicht und fuhr weiter in Richtung jener Straße, deren Namen er nicht mochte.

Ich schüttelte den Kopf. Mein persönlicher Straßennamensfavorit ist der Rut-und-Klaus-Bahlsen-Weg. Er ist nach Rut und Klaus Bahlsen benannt. Eine Fifty-fifty-Quote, da kann jeder zufrieden sein. Solche Namen weisen Wege, zumal es ja Leute gibt, die häufiger heiraten als die Bahlsens. Die Gleichberechtigung hätte viel Boden gutgemacht, wenn eines Tages ein Sylvia-Lolita-Marijana-Kristina-Anastasia-und-Lothar-Matthäus-Platz angelegt würde. Ein 5:1 in der Nachspielzeit!

Als gläubiger Mensch möchte ich auch an die heilige Ursula erinnern, die mit ihren 11 000 Gefährtinnen den Märtyrertod starb. Ein einziges Straßenschild würde schon reichen – und Frauen hätten in der Stadt als Straßennamenspatroninnen schlagartig eine satte Mehrheit. Alle Quoten wären erfüllt; wir wären aus der Schneiderin. Andererseits dürfte Helene Weber dann bei künftigen Benennungen wohl leer ausgehen. Und das wäre schade. Für sie selbst und für alle katholischen Sozialbeamtinnen.

STECKRÜBENWINTER

Ich sah aus dem Fenster. Tauwetter hatten sie uns versprochen, und jetzt fielen doch wieder dicke Schneeflocken vom Himmel und deckten die gerade frei getauten Böllerreste von Silvester wieder zu. Ich wusste jetzt sicher, dass sie bis zum nächsten Silvester unterm Schnee bleiben würden. „Steckrübenwinter", murmelte ich. Meine Kinder sahen von ihren Malblöcken auf. „Was?", fragte die Erstgeborene. „Steckrübenwinter. Sechsundvierzig", sagte ich. „Gab ja sonst nüscht zu mampfen damals." „Nur Steckrüben?", fragte das Mittelkind entgeistert. „Manchmal haben wir auch Eichhörnchen aus den Bäumen geschossen, aber im Tiefschnee waren die kaum wiederzufinden", erzählte ich. „Und oft konnte man in diesem Winter ja monatelang gar nicht vor die Tür gehen." „Oooh", staunte das Nesthäkchen.

Ich erzählte von Lebensmittelkarten und Hamsterfahrten, von Schulspeisungen, endlosen Schlittenfahrten durchs verschneite Schlesien und wie wir in Hannovers Kriegsruinen nach alten Konservenbüchsen gestöbert haben.

Man muss dazu wissen, dass ich Jahrgang 1970 bin. Ich habe diese Geschichten nur geerbt. Sie sind durch die Alten auf mich gekommen, und es ist meine heilige Pflicht, sie weiterzugeben. Aus eigener Anschauung könnte ich nur erzählen, dass im Fernsehen „Tanz der Vampire" einmal so gruselig war, dass ich danach nicht einschlafen konnte.

Der Schnee fiel noch ein wenig dichter an diesem Sonnabend, und meine Kinder hörten mit großen Augen zu. Noch. Denn inzwischen gehen sie in die Schule. Irgendwann werden sie ein paar Jahreszahlen mit nach Hause bringen, die Fragen aufwerfen. Sie werden mich durchschauen. Sie werden sich dann besonders klug finden und für Lüge halten, was doch Wahrheit ist.

Ich seufzte. Noch war es ja nicht so weit. Dann setzte ich zu einer neuen Erzählung an. Die Story, wie anno '45 die Amerikaner Laatzen eroberten und der erste Farbige, den ich je sah, mir Schokolade schenkte, ist einer meiner größten Erfolge.

TAUWETTER

Zeit für ein Bekenntnis. Ich muss vorausschicken, dass ich mich jetzt rein privat äußere. Meine Meinung entspricht weder der meiner Zeitung noch der von Familie, Nachbarn oder alten Schulfreunden. Ich muss das sagen, denn wenn es um die letzten Dinge geht, kennen viele nur noch Freund und Feind. Es ist nämlich so: Es gibt Momente, in denen glaube ich nicht an den Klimawandel.

Als mir letztens die Regentonne kaputt gefroren war, hatte ich fast Gewissheit: Die ganze Klimaforschung ist eine Erfindung von Klimaforschern. Klimaforscher sind die Priesterkaste einer neuen Religion. Sie prangern Sünden an, fordern Umkehr und drohen bei Nichtbefolgung ihrer Forderungen mit Apokalypse und Sintflut. Wer ihre Dogmen anzweifelt, weil er beispielsweise seiner geplatzten Regentonne mehr Glauben schenkt als den Propheten der Erderwärmung, wird als Ungläubiger verketzert.

Da ich nun, wie alle aufgeklärten Menschen, gelegentlich auch an meinen Zweifeln zweifele, fuhr ich jetzt mit meinen drei Töchtern noch einmal zum Maschsee. Schließlich könnte jeder Ausflug dorthin der letzte sein. „Eines Tages wird hier eine große Salzwüste sein", erklärte ich ihnen am Ufer. „Ihr könnt dann euren Enkeln erzählen, dass hier früher ein See war, den ihr selbst noch gesehen habt." Meine Erstgeborene erfasste die Dramatik der Situation in ihrer ganzen Feierlichkeit. „Wir sind sogar mal Schlittschuh drauf gelaufen", sagte sie ernst.

„Wozu ist Eis überhaupt gut?", fragte unerwartet das Mittelkind. Das Nesthäkchen verdrehte die Augen angesichts solch unfassbar großer Dummheit. „Na, dasss wir übersss Wassser sslittern können!", belehrte es uns. Für einen Moment sah ich mein Nesthäkchen im Kreise ihrer Enkel vor mir. Strickend erzählte es in Salzwüstenhausen davon, wie es in seiner Jugend übers Wasser gegangen sei. Und natürlich glaubte ihr niemand, weil das ja aller Anschauung widersprach.

Der See war jetzt schon nicht mehr für Schlittschuhläufer freigegeben. Tauwetter, dachte ich. Das ist der Anfang. Heute der Maschsee, morgen der Nordpol. Übermorgen Salzwüstenhausen. Vielleicht hatten die Klimawandler ja doch recht. „Kommt", sagte ich. „Sonntag gehen wir ins Eisstadion."

THEURE EMILIE!

Ich fuhr mit der Stadtbahn nach Hause. Draußen war es Februar, und zwar sehr. Dunkelheit und Neuschnee lagen über dem Eis, und die Melancholie kroch mich an. Ich dachte an unsere treue Leserin Eva R. und den alten Brief, den sie uns hatte zukommen lassen. Ein Schreiben, das ihr Urgroßvater in jungen Jahren verfasst hatte. Ich dachte an den 9. Mai 1865.

Es war ein Dienstag, als der Buchbinderlehrling Johannes zur Feder griff, um seine „theure, heißgeliebte Emilie!" mit ein paar Zeilen zu bedenken. Er war am Sonntag mit Kollegen „nach dem Zoologischen Garten" gewesen und „von dort auf die List, wo Konzert war, und dann gingen wir im Eilenrieder Holze spazieren". Und daselbst wurde er so schwermütig, als würde er an einem Februarabend in unseren Tagen in einer Stadtbahn sitzen. „Geliebte Emilie, da habe ich mich nicht amüsiert, denn es ging halb Hannover da spazieren, und wenn mir ein Liebendes-Paar Arm in Arm in traulichen Gesprächen begegnete, dann schlug mein Hertz hörbar in der Brust, und ein Seufzer entwand sich", schrieb er. „Ach Emilie! Auch wir gingen so!"

Er schrieb dann noch etwas von ungestilltem Verlangen, von Engeln und rosigen Lippen, die Augen küssen. Von Sachen also, die nicht hierher gehören und eigentlich verzichtbar sind, wie gute Liebesbriefe ja immer voll sind von Sachen, die eigentlich verzichtbar sind. Am Schluss bat er Emilie, ihm seine vielen Worte zu verzeihen, „es ist Liebe, die aus mir spricht", und dass er sich gewaltsam zwingen müsse, zu einem Ende zu kommen, „sonst schreibe ich ein ganzes Buch".

Ich blickte auf. Mir gegenüber saß ein Pennäler, von dem ich mir nicht sicher war, ob er ein ganzes Buch überhaupt je gelesen hatte. Er grinste in sein Handy und tippte irgendwas. Es ging sehr schnell. Ich konnte mir schon denken, was er da schrieb: „hdgdl" – „hab dich ganz doll lieb" wird es gewesen sein. Etwa dasselbe wie einst der Buchbinder Johannes, aber doch ganz anders. Und mit dem Unterschied, dass von seiner SMS in 150 Jahren nichts mehr übrig sein wird. Irgendwie zu Recht, dachte ich. Und war mir nicht sicher, ob ich meine Melancholie noch vertiefen sollte.

EIN TAG DAHEIM

Mein Engagement für die deutsche Medienlandschaft bringt es mit sich, dass ich oft nicht zu Hause bin. Es ist ein Leben voller Unrast und Gefahr, das ich da am Schreibtisch führe, doch ich weiß, für wen ich es auf mich nehme. Meine Frau und meine drei Töchter sitzen unterdessen nämlich daheim und lassen es sich gut gehen. Unlängst aber hatte ich frei, mitten in der Woche. Ich versprach meiner Frau also, sie in Sachen Haushaltsführung und Kinderbetreuung zu unterstützen. Eigentlich hatte ich eher an ein paar wertvolle Tipps gedacht, doch sie holte gleich Stift und Papier. „Dann wollen wir dir mal eine Liste machen", sagte sie etwas freudlos.

„Also, ich hab' um drei Uhr Klavier", sagte die Erstgeborene betont langsam und sah mich an, wie man Leute ansieht, die es im Leben nicht immer leicht gehabt haben. Ich überlegte noch, was ihr Klavierunterricht jetzt für mich bedeuten könnte, als sich das Mittelkind meldete: „Ich muss um vier zum Geigen und um fünf abgeholt werden und danach noch Mathe machen", sagte es. „Und ich muss um halb vier zum Handball und um halb fünf abgeholt werden und davor noch ein neues Schreibheft gekauft kriegen", sagte das Nesthäkchen. „Vorher kannst du alle drei noch zum Einkaufen mitnehmen", sagte meine Frau.

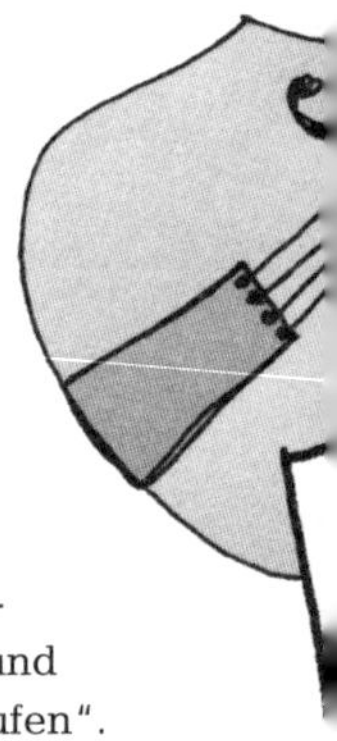

Auf dem Weg zum Supermarkt stritten sich Erstgeborene und Nesthäkchen darüber, warum ich die Kleine zum Handball, die Große aber nicht zum Klavierunterricht fahren würde. Im Supermarkt stellte ich interessiert fest, wie viele verschiedene Puddingprodukte es heute gibt. Da meine Frau sich beim Diktieren der Einkaufsliste oft unpräzise ausgedrückt hatte, musste ich wiederholt bei ihr anrufen und nachfragen. Sie sprach später spöttisch von „betreutem Einkaufen".

Im weiteren Verlauf des Tages fuhr ich dann noch das Mittelkind zum Klavierlehrer, obwohl das Mittelkind genau genommen das mit der Geige war. Und als ich das Nesthäkchen in die Handballumkleide schickte, gab ich ihm irrtümlich den Turnbeutel der Erstgeborenen mit. Oft schlug mir an diesem Tag ein rauer Ton entgegen. Denn als Mann unter Frauen lebt man wie ein Lamm unter Löwen.

ZUGABE

Statt eines Nachworts …

DIE POLITIK, DIE KINDER UND ICH

Politiker wissen das: Vom Rentendebakel bis zur Pflegemisere wurzelt Deutschlands ganzes Elend darin, dass unsere Gesellschaft überaltert. Es gibt nicht genug Nachwuchs. Inzwischen sind die Kinderzimmer so leer wie einst die Kohlenkeller im dritten Kriegswinter. An mir liegt das nicht; aber ganz allein kann ich den demografischen Wandel auch nicht stoppen. Immerhin weiß ich, woran es liegt. Schuld ist allein, dass um Kinder zu viel Bohei gemacht wird. Je weniger Kinder, umso mehr Bohei. Und je mehr Bohei, umso weniger Kinder. Kinder gelten heute ja als pflegeintensiv und anstrengend; sie brauchen unendlich viel Fürsorge, und ständig muss man Angst haben, etwas falsch zu machen. Das hält potenzielle Eltern davon ab, reale Eltern zu werden. Ich weiß, wovon ich rede.

Als die erste unserer drei Töchter zur Welt kam, war sie anfangs naturgemäß Einzelkind. Ich mag Einzelkinder und habe keine Vorurteile gegen sie. Montags gingen wir mit ihr in die Pekip-Gruppe. Mittwochs zum Babyschwimmen. Und freitags zur Krabbelkirche. Als sie einmal eine Schramme am Arm hatte, fuhren wir sofort zum Kinderarzt. Wegen des Infektionsrisikos.
Als dann das Mittelkind kam, gingen wir mittwochs zum Babyschwimmen; auch, weil sich das mit den Terminen der Erstgeborenen gut vertrug. Ansonsten hatte das Mittelkind schon ein bisschen mehr unverplante Kindheit, was ja auch ein Wert an sich ist. Zum Kinderarzt gingen wir, wenn das Mittelkind eine stark blutende Platzwunde hatte.

Das bisherige Nesthäkchen durfte dann zweimal in der Woche meine Frau beim Einkaufen begleiten. Gemeinsame Alltagserlebnisse stärken den familiären Zusammenhalt ja ungemein. Wenn es eine Platzwunde hat, setzen wir inzwischen auf die Selbstheilungskräfte der Natur.

Jetzt aber ist bei uns die Rolle des Nesthäkchens noch einmal neu besetzt worden. Der Neugeborene weiß noch nichts davon, aber ich vertraue fest darauf, dass er mir im kommenden Sommer bei der Gartenarbeit zur Hand geht. Dass er mir Erste Hilfe leistet, wenn ich mich schneide. Und nicht nach Krabbelgruppen fragt. Im Sinne des demografischen großen Ganzen.

QUELLENVERZEICHNIS

Die Glossen in diesem Band erschienen zwischen 2005 und 2015 in teils leicht veränderter Form in der Hannoverschen Allgemeinen Zeitung.

Frühling

Agathe: 22. Mai 2009.
Die Blechtrommel: 7. Mai 2010.
Beim Schuster: 10. März 2011.
Fleisch: 27. August 2010.
Die Passion: 13. März 2014.
Himmlisches Spektakel: 20. März 2015.
Zufrieden und emotional stabil: 27. März 2015.
Gipfeltreffen: 19. April 2014.
Die Uhr, die ihrer Zeit voraus ist: 30. März 2015.
Klonen: 20. April 2010.
Der Zweifel: 23. April 2011.
Wangenstreich: 8. April 2013.
Blutspende: 30. April 2013.
Vatertag: 12. Mai 2010.
Wölfe am Küchentisch: 24. April 2015.
Die Zahnlücke: 10. Mai 2011.
Der Erwählte: 20. Mai 2011.
Die Lehrerin : 27. Mai 2011.
Bild der Frau: 5. Mai 2012.
Schützenausmarsch: 18. Mai 2012.
Im Dönerladen: 8. Mai 2013.
Am Küchentisch fürs Leben lernen: 12. Mai 2014.
In der Führungsrolle: 24. Mai 2014.
Der Besuch des Mütterleins: 6. Mai 2015.
Wettschuld und Sühne: 13. Mai 2015.
Landmänner: 2. Juli 2011.

Sommer

Beim Bund: 17. Juni 2009.
Jubel in Bremen: 8. Juni 2011.
Wir Kleinbürger: 22. Juni 2011.
Politbarometer: 5. Juni 2012.
Fuchsteufel: 15. Juni 2013.
Die Kaffeemaschine: 11. Juni 2014.
Jenseits von Demerode: 8. April 2015.
Die Krähen, der Adler und ich: 25. Juni 2014.
Gesundheit!: 20. Juli 2005.
Jagdfieber: 1. Juli 2013.
Jungbrunnen: 6. Juli 2013.
Die Sklaven des Schicksals: 22. Juli 2014.
Briefe in der Bettbringzeit: 17. Juli 2015.
Die Stille ist tot, es lebe der Lärm: 28. Juli 2015.
Beim Einkaufen: 17. August 2011.
In der Falle: 24. August 2011.
Hexenschuss: 9. August 2012.
Die Fliegen: 18. August 2012.
Zugluft: 1. August 2013.
Nacktschnecken: 31. August 2013.
Die Kreaturen der Hölle: 1. August 2014.
Auch Regen bringt Segen: 29. August 2014.
In den Straßen von Laatzen und Linden: 12. August 2015.
Das Schweigen: 4. November 2009.

Herbst

Die älteste Nudel der Welt: 10. Oktober 2005.
Der Bestimmer: 5. Oktober 2009.
Messers Schneide: 12. Oktober 2010.
Der große Graben: 2. September 2010.
Fegefeuer: 10. September 2010.
Die Telefonzelle: 6. September 2011.
Kopffüßler: 10. September 2011.
Legendenbildung: 10. September 2012.
Speicherplatz: 13. September 2012.
Der Windhund, die Bahn und der Tod: 26. September 2014.
Die Botschaft: 28. Oktober 2010.
Waffenschwestern: 20. Oktober 2012.
Deutschland privat: 30. Oktober 2012.
Olle Schateken: 18. Oktober 2013.
Fürst der Finsternis: 30. Oktober 2013.
Halloween kommt nichts in die Tüte: 28. Oktober 2014.
Wo die Queen ihre Wäsche wäscht: 29. Oktober 2015.
9. November: 9. November 2009.
Eine Sammlung für die Ewigkeit: 18. August 2015.
Leuchttürme fürs Leben: 18. November 2014.
Vom Gefährt zum Gefährten: 7. November 2015.
Ein Sonntag für die Ewigkeit: 21. November 2015.
Die Bierkapuzen, Goethe und ich: 1. Dezember 2014.
Das Taxi: 13. Dezember 2011.
Alles in Unordnung: 9. Dezember 2014.
Seniorenteller: 12. Dezember 2012.

Winter

Der Hase: 29. Januar 2010.
Das Licht und seine Schattenseiten: 26. November 2014.
Mein Martyrium: 7. Dezember 2010.
Krippenwolf: 30. November 2013.
Der Vorleser: 17. Dezember 2010.
Der Krippenkrieg: 24. Dezember 2010.
Ein Kuss für die HAZ-Weihnachtshilfe: 9. Dezember 2011.
Kinderboerse.de: 3. Dezember 2012.
Steinzeit: 16. Dezember 2013.
Tischkultur: 28. Januar 2011.
Bruno und ich: 31. Januar 2012.
Der Anhalter: 21. Februar 2011.
Die T-Frage: 24. Dezember 2012.
Weihnachtszauber: 24. Dezember 2011.
Tohochter Zion: 24. Dezember 2013.
Warum ich Silvester ablehne: 31. Dezember 2014.
In den Sternen: 31. Dezember 2013.
Das Ordnungsprinzip: 3. Januar 2013.
Der Besuch der alten Dame: 27. Januar 2015.
Gerechtigkeit für Helene Weber: 31. Januar 2015.
Steckrübenwinter: 22. Februar 2010.
Tauwetter: 15. Februar 2012.
Theure Emilie!: 12. Februar 2010.
Ein Tag daheim: 22. Februar 2014.
Die Politik, die Kinder und ich: 24. Februar 2015.

IMPRESSUM

August-Madsack-Straße 1
30559 Hannover
www.madsack-agentur.de

1. Auflage: Februar 2016

Autor: Simon Benne
Illustrationen: Sonja Luise Kupgisch
Fotos: Simon Benne, Rainer Surrey, privat
Projektleitung: Susann Heller
Gestaltung, Art Direction: Florian Knabe
Satz: Sonja Luise Kupgisch
Lektorat: Clemens Bernhard
Druck: Göttinger Tageblatt GmbH & Co. KG,
Dransfelder Straße 1, 37079 Göttingen

ISBN: 978-3-940308-99-3

Bibliografische Informationen der Deutschen Bibliothek: Die Deutsche Bibliothek verzeichnet diese Publikation in der Deutschen Nationalbibliografie; detaillierte Daten im Internet über http://dnb.ddb.de abrufbar.